我們一生都在說
再見！

我們一生都在說
再見！

如果我比以前多了那麼一些耐心，我要感謝這些毛毛天使；
如果我比以前多了那麼一些愛的能力，我要感謝這些毛毛天使；
如果我在生命中感受到超越物種的和諧與美好，
我要感謝這些毛毛天使。
愛是超越物種的，
心，是愛的源頭！

我們一生都在說再見

Say Good Bye

一位動物救援志工
與毛毛天使的十八則故事

豆芽菜—著

【Pause】

我們一生都在說再見 目錄

推薦序一 因為愛，我們找到彼此 5
推薦序二 8
推薦序三 那是對生命的承諾 12
推薦序四 15
自・序 17
第一部 你是我今生的狗狗 28
第二部 搶救嘟嘟大兵 44
第三部 再見了嗶寶 50
第四章 即刻救援 58
第五部 愛不用翻譯 68
第六部 臥鼠藏狗 84

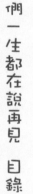

第七部 暗夜哭聲 96

第八部 美麗蹺家狗 110

第九部 天生絕配 119

第十部 新天堂樂園 127

第十一部 情書 139

第十二部 馬利與我 147

第十三部 返家十萬里 181

第十四部 靈異第六感 198

第十五部 雅（啞）狗出任務 218

第十六部 有你真好 242

第十七部 無盡的愛 259

第十八部 將愛傳出去 286

片・尾 312

推薦序一・因為愛，我們找到彼此

這是一本讓我在火車上一邊哭、一邊笑，卻深深感動的書。豆芽菜用最真實的聲音、最淺白的文字，紀錄她與這些流浪狗相遇的溫馨、生離死別的心情，還有在這不斷說再見的艱辛歷程中，她自己因愛而成長的生命故事。因為這本書，也讓我更加了解這些無國界的動物救援志工，超越物種的愛，以及他們帶給眾生幸福的力量。

認識豆芽菜已多年，知道她從大四那年撿到第一隻流浪狗嘟嘟開始，之後的因緣際會，讓她一直在擔任動物救援的志工，做國際認養，擔任狗狗的中途之家。她也讓這些流浪狗在學校陪伴小孩。這些毛毛天使不管牠們之前因為被遺棄，而生命有多悲慘，卻從未失去對人類的愛，一樣樂觀、開心的擁抱來到牠生命中的每一個人。這樣真實生命的體驗，讓學生和老師上了最棒的生命教育課。

許多人都不能理解為何動物志工要付出這麼多的金錢和時間，努力讓動物有個幸福的家，陪伴牠們，讓牠們可以平安的活著，甚至幫助牠們飄洋過海找到新的主人？

豆芽菜借用電影的片名，讓她與十多隻來到她生命中的毛毛天使，共同演出真實的人生劇場，讓我們看到書中每一隻狗，甚或是貓咪，都如此努力的活著，為生命而奮鬥。甚至為了要遇見一輩子互相深愛的主人，歷經許多磨難。而這些動物志工也用心和愛，搭起他們雙方相遇的橋樑，讓幸福洋溢在世界的每個角落。

這些毛毛天使，更用他們的生命和無私的愛，告訴豆芽菜，也讓我們學習，如何先愛自己，成為快樂的自己，才能為愛而付出，也才能因愛與被愛而勇敢。更讓自己因為心靈的豐足，而成為一個願意將愛分享給更多需要的眾生的人。

「我們一生都在說再見，但請不要停止去愛。」

這些毛毛天使的人生雖然短暫，讓我們必須歷經再也見不到彼此的離別之痛。不過，這不就是真實人生的縮影嗎？但是，牠們在過程中，不斷地用行動來教會我們這輩子要學習的功課。即使最後牠們離開了，那永恆不變的愛，卻一直陪伴溫暖著我們的心。我們因為愛，而找到了彼此。

我們也因為毛毛天使的付出，而有機會學習成為更好的自己。

嚴淑女

童書作家與插畫家協會台灣分會　會長

（SCBWI-Taiwan, Society of Childre's Book Writers and Illustrators）

推薦序二

某日，電子信箱裡躺著一封信，一封來自讀友的信，信件當中夾帶著Word附件，這是遇見作者豆芽菜的開始。她來信詢問是否可將她的作品分享給閱讀社群裡的網路讀友們共賞，也分享她與朋友的故事。

我們當然很歡迎各類作品的投稿，希望可以讓文字去影響世界，只是點開附件檔案時，才發現作者其實已經把一本書寫好了。

因此，我們鼓勵她可以探詢出版社出書的可能，我們也很樂意介紹我們知道的出版社，並提供她聯繫方式；最後，她的再次來信是，她真的做到了，並找到合適的出版社可以分享她的故事。

所以一本她與她的狗朋友的故事就這樣開始了。

我家與流浪狗也有著許多故事，最高的飼養記錄是同時養12隻，但每次的離去總是無比的感傷，因每隻狗，都宛若是家中一員，就像是弟弟妹妹，許多美好的回憶都在這些陪伴當中產生。

在這世界上，你會有許多珍貴的相遇，這些相遇都是美好的，無論是人或物，更何況有感情的狗狗們呢！

我家中的狗狗，大多都來自流浪狗或是父親的朋友在狗媽媽生產後的轉贈，所以很小的時候，狗狗就是我們的玩伴，也是坐騎（大狼狗）。在這裡，我也想分享其中一位狗朋友——大狼狗阿福——的故事。

大狼狗阿福，是父親朋友托養的，但一托就是好幾年。起先，我們總是對他保持一定的距離，因父親怕他的獸性未減，對孩子會有危險，何況阿福是大狼狗。但身為男孩子的我們，怎麼可能因為這點顧忌就害怕而不去冒險呢（我媽生了三個好動的男孩）？終於，有次趁父親不在，我們偷偷拿著食物去餵牠，不知天高地厚慢慢地靠近危險。

一開始阿福大聲吠叫著，我們退縮了一下，但見牠吠叫的同時大搖尾巴示好，我們又鼓起了勇氣慢慢靠近。可能已經朝夕相處了好幾個月，牠知道我爸也不是好惹的。最後我們靠近了阿福，並把食物很快地放在牠面前然後跑開，阿福搖著尾巴，低下頭吃著我們偷偷準備的食物，吃完後又再度開心對著我們搖搖尾巴。多次的來回遞食，終於解除了阿福的戒心，牠也沒有再吠叫，從此，我們漸漸地成了朋友。

時間一年一年過去，父親的朋友並沒有把阿福領回去，因此牠就正式成為我們家中的大成員之一。

阿福是我們兄弟及街坊小孩最好的玩伴。但就在某次，一群小朋友在巷口正玩得不亦樂乎的時候，一輛轎車右閃了進來，把阿福撞個正著，牠大聲嘶叫著，所有小朋友在一瞬間都四散跑開。那次的車禍，沒有小孩受傷，但阿福卻在那次意外中失去了前肢。

事後大人們認為，那次的意外是阿福替我們這些小孩受的。因狼狗的警覺性很高，不太會在巷口橫衝直撞，因著牠的挺身而出，才沒有造成孩子的傷害。這事件之後，小孩子有好一陣子都不准到巷口去玩，大家都被禁足了。

截去前肢的阿福，醫療費用昂貴。那年代，人們很難為狗狗負擔龐大的醫療費用。後來爸爸問了朋友，採用了一種土法煉鋼的治療方式：先用綁帶套過樑柱把阿福撐起來，讓他前肢不落地，以避免接觸地面而反覆感染，並定期上藥。最後阿福的傷口竟也在這樣的土法治療中漸漸好了起來。

只是阿福失去了前肢行動非常不便，總是在半夜低鳴著，而家裡的人也為阿福不捨。過一段時間之後，爸爸用焊鐵幫阿福打造了有輪子的支架，代替了阿福的前肢，阿福又可以跑了起來，街坊鄰居的小朋友後來都叫阿福是機器戰狗。

阿福陪伴了我們好些年，最後壽終正寢的離開了我們。在阿福臨走前，我們一直以為牠只是生了小病、拉拉肚子，一定可以好起來，但牠卻整晚不舒服地低鳴。殊不知，這是牠在對我們傾訴著即將離去的哀歌，至今想來仍很感傷。

之後，我們家接連有了幾隻不同的狗朋友，每隻狗朋友都有不同的個性與故事，就像《我們一生都在說再見》一書中所呈現的一樣。我相信，讀者可以透過這本書的介紹，感受到狗狗的忠心與愛。

最後，希望讀友們以領養代替購買，以結紮代替撲殺，讓這些忠心的好朋友，可以成為許多人生命的歡樂與陪伴的安慰。

每個人生命中，都需要一位最好的朋友。

讓寂寞可以用美好的回憶來填補。

閱讀社群主編　鄭俊德

推薦序三・那是對生命的承諾

喜歡這本書，慌亂的情緒宣洩，卻又十分努力的收斂。有關動物，尤其是救護流浪動物的文字，那些呼天喊地的嚎哭與吶喊，常常讓我後退三步，闔上書，束之高閣。

素昧平生的豆芽菜，是個令人敬佩的恰北北，懂得苦中作樂，又很巧妙地用劇本的規格來鋪陳，讀起來一幕又一幕，緊湊而不沉重。

讀起來很輕鬆的文字，絕對不能義正詞嚴。不過就是心路歷程的分享，何必像在念追悼文。不過就是思緒的宣洩，怎麼可以讓人讀來就只是一長串的碎碎念。

檯面上所有國內外的保育團體，總是喜歡灑狗血、讓人畏而遠之、無法感同身受，當然就沒有共鳴。

豆芽菜是那個名不見經傳小小的保育個體戶，所展現出來的韌性、豁達，與動人的詩篇，十分貼近人心。雖然她們十分孤獨，卻也未必寂寞。

行醫近三十年，看多了那些靠著鏡頭贏得掌聲，得到挹注的保育團體。我樂於當個獨行俠。與許多單打獨鬥的保育個體戶共處，每一個救援，不論成敗，了然於心，但求無憾。

救狗救貓的最高境界，就只一個「爽」字。

許多愛心媽媽（簡稱愛媽），自命做功德，卻又怨天尤人。真相是，是這些流浪狗貓救了她們，讓她們得到繼續好好地活下去的支撐。

其實，保育、救援，就是人性的試煉，能有善果自是最佳，不甚理想也可以接受。因為，終究已經努力過，沒有遺憾。

九成九的保育呼籲，都是悲劇英雄式的吶喊，撼動不了人心來起而行，因為，引不起人性中最單純的共鳴。

豆芽菜，當下承擔、當下承諾。儘管常常得說再見，卻又樂此不疲，這等堅持，難能可貴。

樂於推薦，因為她的境遇十分鮮活。

其實，她們是不孤單的，因為貴人自有貴人助。

我們再一次，一起勇敢地來承諾，願意好好守護蓋婭。

我們承諾，面對每一個生命，不管大大小小，都能鉅細無餘的呵護。我們此刻守護牠（它、祂），將來我們也才能得到呵護。

再見，不是永別，而是有一天，我們終究會再相見。

我們得隨時準備好，就在那一天，我們得如何來相見。

台北中心動物醫院醫師　杜白

推薦序四

我有兩個可愛的狗寶貝：momo 和包子。包子是 momo 的女兒，是我親自接生的。對我來說，她們就像我的孩子一樣，是我最親愛的家人。因為愛狗，我時常注意動物救援的相關活動，只要行有餘力，一定盡力協助這些毛孩子們。

記得我剛結婚要到美國度蜜月的時候，我和老公順道帶著三隻米克斯，送到美國的領養家庭。我看到原本流落街頭的三個毛孩子在異國找到溫暖的新家，不禁替他們開心。但我心裡很明白，這只是諸多動物救援中，少數的 Happy Ending。大多數的動物救援志工，經常面對的是無力和傷心。

試問，有多少人有足夠的勇氣面對動物救援的壓力？誠如作者荳芽菜所說，誰不想過著舒服的日子，假日穿得美美的去逛百貨公司唱 KTV？但她只能穿著最差的衣褲在認養會頂著烈日、回家照顧毛小孩上廁所吃飯，更別說在救援過程中不斷經歷「說再見」的悲傷，這些都不是一般人能承受的！

我很敬佩荳芽菜，以及許多像她一樣從事動物救援工作的人，例如我有養貓的朋友，一直在做 TNR 的工作（即誘捕結紮後放回原地），他們薪水不多，扣除自己簡單的生活費之後，將所有的錢用來做 TNR，減少流浪動物的繁衍。

動物救援是長期工作，也是寶貴的生命教育。這本書帶給我們的十八篇動人故事，希望大家用心感受，體驗生命的喜怒哀樂，學會動物教我們的功課。

親子作家、主持人　趙婷

自序・我們一生都在說再見

我周遭許多人，包括我自己，不只一次問過我這個問題：

為什麼要這樣辛苦地救援動物？

看著別人週末打扮得漂漂亮亮地去逛百貨公司，而我卻因為害怕被狗屎弄髒，穿著最差的衣褲在烈日當空的認養會場備受煎熬；

朋友們開心地去唱KTV，而我卻必須忍痛和他們道別回家，因為家裡有一堆毛小孩必須上廁所和吃飯。

更慘的是，我差點在救援動物的過程中罹患憂鬱症。

我害怕外出，因為一出門就會在街道上看到皮膚潰爛、面黃肌瘦的老犬無力地拖著腳步，或是在路邊草叢哀號，嗷嗷待哺的幼犬需要援助，而自己實在無能為力。

一路承受著壓力和痛苦，卻找不到一個可以慰藉自己的答案。

那到底是為了什麼？

因為我從小就喜歡動物。

我被那晶瑩黑亮眼睛下的神祕靈魂吸引，還有那微微冰涼濕潤的鼻頭誘惑，喜愛溫暖細緻的毛髮觸感，我就是無法控制地喜愛著牠們。

小時候看著路邊流浪狗受苦都暗自啜泣，卻無能為力；長大後有了經濟基礎，卻發現這仍不是一條好走的路。

不但不好走，且是超乎想像的艱辛。

不是撿起牠就算了，

如果受傷，要支付大筆醫療費；

如果牠和家中其他動物不合，或家裡沒空間，還要找地方安置以及支付安置的費用。

必須讓牠學會良好的習慣，半夜不亂吠的穩定性，牽出去散步不能暴衝，不能護食，更不能亂咬人。

認養之後被退回來是常發生的事，

更令我們心碎的事是認養人告訴我們牠不見了，

我們所做的一切都付諸流水，還要為牠不知在何處悲慘流浪的命運暗自擔憂垂淚。

這些巨大的壓力實在難以承受，因此我也常常告訴自己：

心狠一點就對了，

別人做得到，你一定也可以！

可是我在心狠地對流浪動物視而不見之後，等著我的是，揮之不去的狗狗們蹣跚步伐，骨瘦如柴的影像，和日日夜夜的煎熬和愧疚……

這該如何是好？

好友為我指點迷津，她告訴我山上有一間廟，廟裡的住持非常神奇，能知過去和未來，而且超級神準！

我二話不說，帶著一群人立刻衝了過去，

不可思議的事竟然發生了，

他讓我當場見證，什麼是通靈。

之前我也找過算命先生，答案往往都是似是而非、模擬兩可，有說等於沒說。

但這位師父完全不同。

其中一位朋友因為孩子教養問題特別來求助，師父要她在紙上寫下孩子的姓名。

我們面面相覷，納悶地問：「不用寫生辰八字嗎？」

師父搖搖頭。

寫好之後，師父端詳著紙張說：「這孩子不是你親生的，我看到妳把他從別人家裡抱出來。」

我們當場瞠目結舌，因為那孩子的確是跟親戚領養的，可是我們什麼都沒說，怎麼會如此精準？

更神奇的是，這位為了孩子問題而求助的朋友，不久前曾經跟我說，十年前她因不孕而苦惱，曾到廟裡拜拜，遇見了一位師父。

那位師父說她前世是一位比丘尼，而她先生前世是一位樂善好施的員外。他們倆人前世做了許多好事，卻無緣在一起，這一世結為夫妻，就是來享福的，所以這一世不會有孩子。

她雖半信半疑，卻仍想要擁有一個小孩，所以領養了親戚的孩子。

十年後，我在廟裡幫她再度詢問這個問題。

我問師父：「我這朋友前世是什麼身分？」

他說：「是位比丘尼。」

我吃了一驚，

再問：「那她先生呢？」

師父歪著頭，想了一下說：「應該是位員外。」

我當場差一點跪拜在地！

十年前、十年後，不同的地點、不同的師父，竟講出完全相同的答案。

這該如何解釋？

於是我立刻抓緊時機問：「師父，請你幫我看看，我前世是做什麼的？是不是殺狗的？」

師父端詳著我的臉，

我頓時屏氣凝神，心狂跳不已，等著他說出因果報應的答案。

他說：「妳的前世，是唐朝時邊疆部落的族長女兒。」

我聽完差一點從椅子上跌下來。

因為我每次在電視上看到蒙古或新疆那一望無際的草原，常會不自覺地潸然淚下。

修讀歷史時，首要選擇都是邊疆史，我無法理解自己對邊疆地帶那一股無法遏抑的激情。

當這師父這樣說時，我頓時恍然大悟。

原來，

我前世和許多動物生活在一起，

種下了我和動物之間的因緣。

另一段經歷更加深了我這個想法。

因為找不到人生的答案，我曾去尋求催眠師的協助。

在催眠中，我看到自己其中一世是個印第安男人，一輩子都和大自然生活在一起。

這兩段經歷，加上與狗狗的相處過程，終於讓我了悟：

我必定好幾世都和動物相處，

與牠們的因緣才會如此之深。

曾經在我生命中出現的動物們，

都是為了成就我而來！
牠們以自己的生命和愛，
和我一起演出許多難忘的感人戲碼，
在這些共同編織的戲劇中，
牠們教會我許多功課。

不只是我，我的家人還有學生，也在和這些狗狗相處的過程中，學會了尊重生命。

我的家人，
我的學生，
我的朋友，
我的同事，
都是我生命中的天使！

而主角大天使們，
是那些長著一身毛，
鼻頭濕濕，
眼睛水汪汪的毛小孩們！

對我而言，如果我比以前多一些耐心，我要感謝這些毛毛天使；
如果我比以前多了一些愛的能力，我要感謝這些毛毛天使；
如果我在生命中感受到超越物種的和諧與美好，我要感謝這些毛毛天使。
這些天使給予我的功課是如此地浩瀚無邊，我多麼希望能將這些和大家分享，到

最後我們終將知道：
愛是超越物種的。
心，
才是萬物愛的源頭！

狗狗們以心和生命交給我的一切，就在此書中，以十八部電影的形式，展現在大家面前，希望大家能在輕鬆的心情下，和我一同感受生命的歡樂與痛苦，和我一同學會人生中，動物所給予我們的功課。

我們一生都在說再見，

但不要讓這停止你去愛。

獻給毛毛天使們的愛的影展

一位動物救援志工與狗狗們一起演出的十八部電影

『影片開始』

獻給所有我愛及愛我的人和動物

To those I love and love me all of You.

第一部 Play 你是我今生的狗狗
（Four Weddings and a Funeral）

我和嘟嘟相識於大四那一年。

那是一個美好的春天早晨，我和室友一如往常到師大分部去游泳，在聊天的同時，隱隱約約感覺到有一團草爬行過身邊。

天生反應遲鈍的我在還來不及意識到那是什麼時，室友便一把衝過去驚喜地尖叫：「這是什麼？！你看牠好可愛喔！」

她一把將那團草抱了起來，在我面前的，是一隻身上毛被剃得亂七八糟，看起來既像熊又像小獵豹的博美。牠的頭上與身上都插滿了雜草，仔細一看，牠的兩隻後腳似乎是扭曲的。也就是說，牠是從草堆裡拖著殘缺的後肢爬過來……

旁邊一個分部的學生告訴我們，數天前就在這裡發現牠了，應該是被遺棄的。

天呀！在滿是中大型野犬肆虐的校園裡，這樣一隻跛腳的博美要如何生存下去？

在寒冷的夜晚，拖著後腳在何處取暖？

在大狗們搶奪垃圾時，牠又能搶到什麼？不要一口被咬死已是十分萬幸！

雖然那時的我不喜歡博美，但當下我和我室友強烈的母性立即發揮出來，我們討論了很久，因為大家家裡都已經有養狗，不可能再收留牠了，那至少把牠的腳醫好，牠才有本錢繼續流浪。

我們硬凹她男友幫忙，三貼騎著摩托車到動物醫院，三個頗寒酸的大學生抱著一隻跛腳的博美，衝進醫院、神色緊張的大叫：「醫生！急診！」

＊＊＊＊＊＊＊＊＊＊＊＊

醫生檢查了一下牠的情形，告訴我們要先帶牠去檢驗所照X光。（那時很少有醫院直接附設X光機。）

蝦米？！這麼麻煩？！

「好吧，那檢驗所在哪？」

「在婦幼醫院的隔壁。」

「那婦幼醫院幼又在哪？」

醫生看著我們這三位一窮二白、天真無邪的大學生，非常溫和地解釋：「照X光要錢唷！婦幼醫院在XX路右轉，XX路左轉，第一個閃黃燈右轉，是閃黃燈不是紅路綠燈唷！然後在第一個紅綠燈左轉，你就可以看到醫院在你左手邊。」

方向感零，被人號稱路癡的我，被室友及她的男友託以重責大任（他們去領錢了。）我一個人抱著跛腳博美，昏頭轉向地按著醫生的解釋，嘴巴念念有詞：「婦幼醫院……婦幼醫院……」

突然前方出現光明，終於讓我找到了！耶！婦幼醫院果然在我的左手邊！

我興奮地抱著博美衝過馬路，直抵婦幼醫院大門。

一位操著濃厚外省腔國語的警衛伯伯一把攔住我：「你要幹啥呀？」

我理直氣壯地指著博美：「牠要照X光呀！」

「牠要造X光？你要代溝到夫右一元造X光？（牠要照X光？你要帶狗到婦幼醫院照X光？）」

我至今仍記得警衛伯伯驚訝的張大嘴，瞪大眼睛的表情。

我愣在那裡，過了一會兒才恍然大悟。

啊！目標應該是隔壁檢驗所才對……

＊＊＊＊＊＊＊＊＊

醫生仔細地檢查博美的X光片，旁邊則圍著三個眼睛水汪汪、做祈禱狀、等待聖蹟的大學生。

頭戴光環的醫生回頭，神色凝重的看著我們。

「牠的腳已經受傷好一段時間了，但之前的主人完全沒處理，旁邊的組織已全部長齊，現在治療已經太慢了。」

我們的頓時心沉了下來。

「而且，」醫生舉起了博美的右後腳。「牠這隻腳只有兩根腳指，有可能是天生畸形，也有可能是受傷造成的。」

「再來，」上帝（醫生）繼續審判著：「牠的左後腳的骨頭是歪的，所以今後牠只能拖著後腳走路，所以以後後腳會受損，也會逐漸萎縮。」

「你們還要特別注意，牠的氣管不好，早晚或天氣一冷都會氣喘，喘得厲害時一定要就診。」

「牠的皮膚也不好，很容易會有異味性皮膚炎的情形。在臺灣這種潮濕的氣候下，你們要多注意毛髮的清潔與衛生，要經常梳理，不然會感染黴菌。」

我們用著乞憐的眼光（請原諒我們的無能為力），畏畏縮縮地吐出了這些字：

「那……那……醫生，牠有可能在外面流浪嗎？」

上帝（醫生）用嚴厲的眼神，劈下一道閃光！

「那只有死路一條！」

完了！

被劈中的我們，手腳癱軟，心情沉重……

這下怎麼辦？

我們全都住宿舍，又不能養狗。

丟回家鐵定被罵。

那時連網路都沒有，不可能上網認養，也沒有所謂的認養活動。

這……這……

懷中的博美睜著超大又水汪汪的黑眼珠看著我們，眼角似乎含著淚。

我們面面相覷。

唉……不管了，先偷偷帶回宿舍吧！

大家將這個月剩下的錢湊齊付清醫藥費，離開醫院時，醫生從後面丟來一句：

「我忘了告訴你們，牠還有**隱睪症**！」

＊＊＊＊＊＊＊＊＊＊＊＊＊＊＊＊＊＊

要在宿舍偷養博美果然是一件不可能的任務，牠的神經質可不是浪得虛名，只要有一點兒風吹草動，牠就用那可媲美女高音的叫聲對全世界昭告牠的新發現。

我們把博美藏在袋子裡偷渡回宿舍，晚上時因為大家都在牠身邊，所以牠乖巧安靜地躺在布上，讓我們如釋重負。

沒想到隔天一大早，當大家兵荒馬亂準便備去上課時，牠也跟著開始焦慮，用石破天驚的音高開始吠叫！

大家制止無效後，把心一橫，以革命救國赴死的精神衝出宿舍。

看誰是最後一個倒楣鬼，需要去面對制止無效和怕被舍監聽到的雙重精神壓力。

當我在文學院大樓上課，精氣神都悠遊在淫蕩不堪的明史且正在慶幸這個倒楣鬼不是我時，我竟然聽到從宿舍傳來的博美的叫聲！

竟然傳到這裡來了……

那完了……

舍監阿姨一定也聽到了！

（不是我誇大其詞，住過師大女二分舍的人都知道，女二分舍和學校距離非常近，只隔著一條師大路。）

下課後，踏著忐忑不安的步伐走向宿舍，硬著頭皮準備面對舍監阿姨恐怖的眼神與責備。

一踏進去時，咦？舍監阿姨不在？

我躡手躡腳的回到宿舍，博美看到我高興的不得了，拖著牠殘缺的後肢，踉踉蹌蹌地衝到我腳邊，張嘴哈著氣，看起來似乎在笑。

我嘆口氣，把牠抱在懷裡。

牠水汪汪的大眼睛似乎又盈滿淚水。

唉！可憐的小狗，真不知道我們該怎麼辦？你的未來又該如何呢？

就這樣，我們又偷養博美好幾天，但期間和室友因為狗狗的問題起了爭執。我憤而離「家」。（其實仔細想想，自己當年也是幼稚無知，愚蠢衝動，現在我深深地感謝室友和她男友那時願意幫我援救嘟嘟，不然嘟嘟的下場不知會如何？）

我抱著博美邊哭邊在街上遊蕩，不知該何去何從……

被逼著走到最後一步的我，只好懷著百分之九十九會被否定的恐懼心情，投下十元錢幣進入公用電話投幣孔，忐忑不安的撥下家中電話，心中暗暗祈禱，拜託希望是媽媽接的，可不要是爸爸。

「喂！喂！」媽媽的聲音從電話那頭傳了過來。

感謝佛祖！感謝耶穌基督和聖母瑪麗亞！

我把博美的事非常悲情地向媽媽訴說了一遍，她聽了後覺得：「狗狗真可憐，哪個沒天良的傢伙把這樣的小狗丟到路邊？」

我感覺到媽媽憐惜同情的心情，於是加足馬力，用哽咽的語調訴說自己的委屈。

她聽了之後回說：「什麼事不能好好講，一定要吵架？」

我聽了更加振奮！

媽媽能為寶貝女兒同仇敵愾，看來我已博取到一些同情分數，收養博美應該有望。

「媽，那……我們可以養牠嗎？牠那麼可憐，我又不能把牠養在宿舍……」

媽媽在電話那頭點頭稱是，而她的結論是：「**這我無法做主，要問你爸爸。**」

唉……唉……唉……

接著媽媽用道地的海口腔閩南語在電話那頭扯開嗓門大喊：

「ㄟ！阿妹工一被七告，看A賽梅？（喂！阿妹說她要養狗，看可不可以？）」

等一下！

這樣直接地說是行不通的！

我正要阻止媽媽，卻聽到爸爸的聲音從電話那頭傳過來：

「A賽呀！暗鍋叫她轉來厝ㄟ教冊，襪丟同意！（可以呀！叫她回來家裡教書，我就同意！）」

就這樣，

我打算留在臺北探索這個花花世界的美夢，就應聲破碎了。

懷中的小博美張嘴哈著氣，微笑地看著我。

我努力思考該如何把博美帶回去，因為我一向坐火車回去，但火車是不能帶狗的。於是我只好將博美藏在提袋裡，並且一再告誡牠：「從宿舍到車站要一個多小時，從臺北到我家鄉需要三個多小時，從車站到我家要十分鐘喔！你可不能亂叫或亂大便尿尿，要不然我可會被趕下火車唷！拜託拜託，你一定要合作！」

博美睜著牠骨碌碌的大眼睛望著我，我也搞不清楚牠到底聽懂了沒？

不管了！先上車再說。

我提著裝著狗狗的袋子，從房門口東張西望，確定走廊無人後，三步併作兩步、躡手躡腳走到樓下。

要經過舍監辦公室時我非常緊張，將提袋藏到背後，以免東窗事發。

「喂，同學！」舍監阿姨的聲音從後面傳了過來。

我頓時被冰凍在原地！

完……蛋……了……

我非常恐懼，緩慢地將脖子慢慢轉過來，對阿姨擠出一個諂媚的微笑：「是……阿姨，您叫我嗎？」語氣充滿了卑躬屈膝。

「你要把小狗帶回去啦？」

簡直是晴天霹靂！

我不敢相信我的耳朵！

我露出更諂媚的笑容：「阿姨，您……您早就……知道了啊？」

「當然啊！叫那麼久，我還去看過他呢！真的是好可憐啊！你們餵太少啦！這幾天我都拿新鮮雞肉餵牠，帶回去要好好照顧啊！」

我……我……我……那我幹麻擔心害怕那麼多天呀？

（結論：這世界果然充滿了溫暖！）

我坐在火車上舒適的位置，心中卻忐忑不安，一方面怕查票時會被查票員發現，另一方面又怕小狗在提袋裡會不舒服。

由於怕被別人發現，我把拉鍊拉上，只留了一個小小的開口讓牠呼吸，我三不五時便探頭下去瞧瞧牠的狀況。

博美總是一動也不動，只在我探頭時微微抬起頭，睜著大眼看著我。

不錯，不錯，這傢伙挺合作的。

我放鬆了心情，眼皮逐漸沉重，於是便在火車上沉沉睡去……

這當中我沒有聽到一點聲響，火車到達家鄉時我倏地醒過來，博美還是毫無動靜。

我嚇了一跳！牠該不會悶死了吧？

趕緊把手伸到袋裡試探，卻冷不防地被濕熱的舌頭熱情地舔了一下！

好加在，牠還活著。

一回到家中，我馬上將博美從袋中抱出來給大家看。

哥哥看了之後便說：「以後每天幫牠的後腿按摩，說不定會好起來。」

媽媽說出她的心得：「這麼小隻，很好養嘛！」

姊姊也插了一句：「你把牠放地上走走看。」

我才將牠放地上，牠馬上尿了一大泡，又狂拉了好幾條大便，我這才明白，在這長達五個小時的旅程中，牠知道自己一定要忍住，絕對不能壞事。尤其日後我發現其實牠有尿失禁的問題時，我真不知道那時候他怎麼這麼能忍！

這就是狗狗對主人的愛嗎？

爸爸看了以後說：「嗯！就叫他嘟嘟吧！」

（爸爸只不過是常聽到別人把狗名取為嘟嘟才這樣決定……）

P. S.

多年之後，我曾和一位外國友人聊天，她問我我家狗狗的名字。

我開心地說：「Du Du!」

只見她一陣疑惑不解的臉色問：「Why ?」

我說：「這在臺灣是一個很普通的名字呀！」我心想，不要說狗了，臺灣一堆小孩子的小名都叫做嘟嘟呀！

但她還是一副有口難言的表情。

我問：「What' s wrong?」

她囁嚅地說：Well……in English,"Du du" means shit, sometimes we will say I have a lot of du du in my belly to present we are angry.（在英文中，嘟嘟是大便的意思，有時我們用「一肚子嘟嘟」來表示一個人很生氣）

我目瞪口呆，那豈不是……我一肚子大便的意思嗎？

嘟嘟啊！還好你不是外國狗……

第二部 Play 搶救嘟嘟大兵

（Saving Private Ryan）

嘟嘟就這樣在家裡待了幾天，但牠從來沒有和我家的大狗嗶寶打過照面。因為嗶寶是出了名的喜怒無常，家裡每一個人，甚至包括鄰居，都被牠咬過。這一切都要歸罪於牠的前任主人——

我二哥和他大學時的狐群狗黨們！

他們在牠還是隻小狗時，常常在牠吃飯之際，故意將碗移走，還輕打牠的頭。那時沒有虐待動物的法條，否則早該告發他們！所以嗶寶變得對食物很沒有安全感，任何人在牠吃飯時，或在牠飯碗裡還有食物時，只要經過，就會發現突然有一腳被拖住了，回頭一看，你的「玉腿」已經被嗶寶當成「雞腿」含在嘴裡，然後牠還會送你大大的一口！

哀嚎聲就會從嗶寶的地盤傳出來……

將嘟嘟帶回家幾天後，我回臺北唸書。某一天打電話回家問起嘟嘟，媽媽支支吾吾說：「很好呀。」

心中雖覺得納悶，但也沒想太多。

一個禮拜後我回家，卻找不到嘟嘟。

媽媽又開始支支吾吾：「呃……嘟嘟在動物醫院。」

我又驚又怒：「為什麼？！」

媽媽開始很激動地比手劃腳：「呃……因為那天嘟嘟對嗶寶嗆聲，我沒注意到嘟嘟鑽進了嗶寶的圍欄，等我發現時，嗶寶已經咬住嘟嘟還一直甩。」

後來我終於搞懂，我的天才老媽因為一時找不到掃把來阻止嗶寶，竟然拿著開雜貨店剛清點好的一袋零錢，往嗶寶的頭上死命砸去。

嗶寶被砸的滿頭零錢，一時愣住，媽媽才趕緊趁機將嘟嘟從虎口救出！

但嘟嘟身上已傷痕累累，奄奄一息。

還好他們聽隔壁鄰居說，最近好像有一個年輕人，不怕死的在這個放著狗四處亂跑，知道狗竟然要打預防針會嗤之以鼻的鄉下，開了一間動物醫院。

媽媽和爸爸才火速騎著摩托車，將嘟嘟送過去。

醫生看了一下傷口說：「洞太深了，有可能已經傷到內臟，你看牠肚子漲的那麼大！我也沒把握，只能盡力試試看。」

因此嘟嘟一直在住院中。

我聽完後立刻衝到醫院！

果然看見嘟嘟那小小的身軀插著點滴管，肚子包滿了紗布，蜷縮在籠子的一角。

我輕輕呼喚嘟嘟的名字。

嘟嘟緩緩地抬起頭，用微弱眼光看著我，然後輕輕地搖著牠那根小香腸似的尾

巴，牠認出我了！

牠嗚嗚的低聲哀鳴，好像在告訴我：「我想回家。」

我想到帶牠回家鄉的第一天，我走到哪，牠就拖著他的後腳跟到哪；我在浴室洗澡，牠就趴在門口，直到我出來，看到我就張嘴哈氣對我笑；我睡覺時，牠就在床腳乖乖的蜷縮著。

牠這麼愛我，我應該是要好好照顧牠，怎麼會讓牠受這種苦？

我將嘟嘟從籠子中抱出，牠緊緊依偎著我，但醫生說要再觀察幾天才知道有沒有過危險期，我只好又將牠放回去，然後頭也不回地走出醫院大門，因為我害怕看到嘟嘟祈求我帶牠回家的眼神。

回家後原本我想對嗶寶進行一番精神訓話，但他的這種個性還不是人類造成的，錯不在他，想想還是算了。

幾天後嘟嘟在大家的歡呼聲中光榮負傷回家，還拍了照留做紀念。

但從此之後嗶寶和嘟嘟更是像太陽和月亮一般，永不相見啦！

經歷這件事之後，我一直很虛榮地覺得我們這一家就是嘟嘟的救命恩家人。

人家說狗狗一輩子都會深情地凝視主人，尤其是日本有名的忠犬八公，因為不相信主人已經離開人世，仍堅持每天守在火車站門口，等著主人歸來，直到八年後死在火車站門口……

當初我看這部電影時看到痛哭流涕，久久不能自己，之後就對狗狗與主人之間的深情有了綺麗的幻想。我已經對嗶寶不抱任何期望，他只會吃東西、咬人和抓住你的大腿猛發情，這曾經深深地傷害我的心靈。

因為我在高中時，可憐嗶寶沒有女朋友，一時佛心來著，就讓他抱著我的大腿做出猥褻不雅的動作直到他滿意為止。

沒想到二哥看了之後驚呼：「STOP！不然等一下他會射精在你腿上！」

蝦米？！

怎麼和我美麗感人的幻想差那麼多？

但是養了嘟嘟之後，我深信我的夢想即將實現，狗狗深情地凝視主人，跟在腳後，緊追尋著主人美麗的身影，是的，嘟嘟都做到了！

但可沒有永遠！

三個月後，這段關係就變了，帶牠出去時，嘟嘟永遠深情地望著別隻狗的身影。我都離開了，牠還是不跟著我，卻緊緊追尋在其他母狗的背後，然後想盡辦法拖著殘障的後肢想騎上人家，直到對方煩不勝煩，回頭想咬牠一口為止，完全無視於我熱切的呼喚及誘人的食物。

當初的熱情究竟跑到哪去了？

（結論：公狗和男人真像，忠誠度大概只維持三個月……）

第三部 Play 再見了！嗶寶

（盲導犬クイールの一生——再見了，可魯）

我時常在想，狗狗是不是會用特別的方式和主人告別？

還是當牠們完成任務，牠們就會走了？

對我而言，嗶寶教了我一件很重要的事。

在決定去尼泊爾自助旅行前，某天晚上我想跟嗶寶道別。

每天晚上爸爸會將牠從外面的圍欄牽進家裡面的圍欄，當夜我就跨進牠在家中的圍欄要好好地拍拍牠。

那一天不知怎麼了，牠似乎心情不好，但我完全沒有察覺，一股腦的摸牠。直到牠發出嗚嗚的低聲嘶吼時我才警覺，但已經來不及……

嗶寶咬住我的右腳跟，而且是死命地狠咬！

我嚇壞了，卻不敢叫出聲，怕會驚動家人，也怕嗶寶會因此被打，甚至被丟棄。
我把腳從牠口中急抽出時，已是血流如注。
在驚嚇及痛楚下，我低聲哭著對牠說：「嗶寶，你為什麼要這樣？」
嗶寶只是歪著頭看我，似乎很不解。
看見牠無辜眼神的那一刻，我就原諒牠了。
因嗶寶曾被人戲弄過，造成牠今天這樣的個性，牠不懂這樣做其實會傷害到人。

我一面拿衛生紙包住腳，一面清理地上血跡，深怕被家人發現。
嗶寶則異常沉靜地歪著頭注視我，牠的眼神和平常不太一樣。

家人問我怎麼會受傷？
我告訴他們是不小心踢到鋼琴。
他們的結論是：怎麼會有人白癡到去撞鋼琴。
我不敢告訴他們真相，因為這次嗶寶咬得太嚴重了！

我怕爸爸會一氣之下把嗶寶丟掉。

這個祕密，一直在我心中。

****

尼泊爾之行照舊。

但同行四人中另一位同伴也因摔車而傷到腳，於是我們兩人成了拄著柺杖的「殘障人士」。航空空司堅持我們兩人必須坐輪椅上飛機，還特地派了兩位專員，推著我們，經過特殊通關通道，這簡直是 VIP 級的待遇嘛！

飛機需要在香港轉機，我們順道在香港逗留玩了幾天。

抵達香港機場的時候，接機的友人看到我們坐著輪椅出來，還以為發生了劫機事件呢！

由於我們兩人腳傷未癒，便穿著拖鞋逛大街。

那時香港警察抓大陸偷渡客抓得很緊，一位菜鳥警察看見我們穿著拖鞋的邋遢模樣，還以為我們是大陸偷渡客，當場要我們將護照拿出來，但逛街時怎麼可能帶著護照？重要的證件都留在朋友家裡。

他見我們拿不出來，便執意要我們跟他回警察局做筆錄。當時手機還很稀有，根本無法聯絡到朋友！正當雙方爭執之際，一位老鳥警察一眼就看出我們並非偷渡客，老神在在地過來解圍。

我們激動地告訴他我們不是偷渡客！

他擺擺手，氣定神閒地說：「簡單啦！讓我考你們幾題。」

我們屏氣凝神專注傾聽。（我這輩子從沒有這麼專心過）

他開口：「臺灣總統是誰呀？」

我們激動的一致舉手大喊：「**李登輝**！」

他再問：「那行政院長是誰呀？」

我們又一齊出聲：「**連戰**！」

他揮著手說：「好啦，好啦，走吧！」

謝天謝地！還好是問這種問題，

不過後來真慶幸他沒有問我們副總統是誰，（那時副總統是李元簇）

要不然可真會答不出來……

＊＊＊＊＊＊＊＊＊＊＊＊

人在國外的時候，每次打電話回家，第一句話都不是向父母請安，而是問狗狗的狀況。

確定狗狗都平安時，才會順便問候一下父母大人。

爸爸對此非常不開心，常嚷嚷孩子的心中，父母連禽獸都不如。

父母大人，金拍謝啦！

從尼泊爾回國之後，嗶寶卻生病了。原因是牠太兇，獸醫沒辦法幫牠打預防針，感染了腸炎。

上班出門前，牠已不吃不喝。我因趕著上班，爸爸也無法一個人帶牠去醫院，所以我告訴嗶寶，下班後一定馬上帶牠去醫院。

嗶寶看了我一眼，又躺了下去。

還沒到中午，爸爸就打電話到學校，告訴我嗶寶去世的消息。我當場抱住同事大哭，他們嚇壞了，以為我家出了什麼大事。

我邊哭邊騎著摩托車回家，只看到嗶寶冰冷僵直地躺著。我輕輕撫摸著牠，眼淚不停地掉……

我心疼嗶寶不能過好一點的生活，因為牠的個性，只能把牠關在圍欄裡，每天去散步三次，而且平時也沒有打預防針。

（才打一次，醫生就氣得叫我們下次不要再來了！）

生病不能託爸爸馬上帶牠去看醫生，又不能上樓和大家共聚天倫，這一切都是因為牠會咬人。

我痛心自己沒有辦法給牠好一點、有品質一點的生活，是不是因為活得不快樂，所以才短短六年就走了呢？

我整整哭了一個星期，最後收拾好自己的心情之後，仔細回想，其實我早就有預感，在我被嗶寶咬的那一夜，嗶寶看著我的眼神，似乎是在告訴我：

牠是來成就我學會——無條件的愛

即使狗狗不乖，我還是愛牠。

即使牠咬了我，我還是愛牠。

即使牠粗魯不堪又呆頭呆腦，我還是愛牠。

在那一刻，我學會了，嗶寶的任務也就完成了。

現在牠是上帝身邊的小天使，肥肥的身軀在上帝優美的花園裡快樂地跑跳著，和其他的狗狗玩耍著！

再見了，嗶寶，

不要忘記我一直都愛著你！

你也一直都知道！

第四部 Play 即刻救援
（Taken）

因緣際會下，我調校後認識了許多熱心幫我照顧狗狗的同事，其中幫助我最多的，就是我們的女超人阿瑛！

之所以稱她「超人」，是因為阿瑛上知醫學，下知電腦，網拍嫻熟到被封為「網購女王」，法律、攝影、動物常識全都一把抓，常會在辦公室看到一群人排隊等著她解答各種疑難雜症，差一點得拿號碼牌才能被召見。

既然遇見了這種志同道合的好友，我們救援事業版圖便開始急速擴張，且不限於狗，連鳥、雞、蛇也都參一腳。

雞？雞要怎麼援救？

有一天大家正在升旗，主任正火力全開地碎碎念時，忽然升旗臺後方傳來咕咕的奇怪聲音。

主任頓時臉色鐵青，我們則臉色蒼白的想：到底是哪一個小屁孩，如此不知好歹敢這樣模仿雞叫？忽然有學生大叫：「升旗臺上有雞耶！」

一群人衝上去看，是一隻大白公雞，好像是被一輛車子從校門口扔進來的。

為什麼要丟雞？

後來聽說是臺灣某些地區的喪葬習俗，會在殯葬回程時將雞放生，就這樣放到學校來了。

怎麼辦？

同事們都很善良，沒有人想把雞帶回家煮來吃。

還好我聯絡到野鳥協會，他們有一位朋友在山上開民宿，養了許多雞，他們願意接手。我一再跟他們確認，絕對不能把牠當成肉雞；他們則一再拍胸脯保證，老闆和我一樣是吃素，不會殺生，我才放心地將大白雞交給他們。

野鳥協會幫我們的事可不只有這樁。

由於學校是一個生態系，什麼動物都有，尤其學校鄰近海邊，海風特別大，只要鋒面或颱風一過，就有幼鳥從巢中摔落，然後我們就會看到學生們像肯亞動物大遷徙般浩浩蕩蕩衝進辦公室，激動地拿著水桶，邊叫邊指給我們看：「老師，又有小鳥從樹上掉下來了！」

我對鳥類一無所知，只好連絡野鳥保護協會，他們熱心前來救援，解決了許多椿讓人頭大的事。

我大力稱讚小朋友尊重生命很有愛心，學生都非常開心，從此食髓知味，掃地時間不認真打掃，每對眼睛像雷達般掃描地面，只要發現任何會動的動物，便開心地裝進水桶裡獻寶，造成野鳥協會三天兩頭就得來我們學校報到。增加他們的工作量讓我感到很不好意思，但工作人員說他們很快樂，幫助鳥兒是他們的志向。

啊！還好這世界有這麼多美好的人們。

有一次學生又衝進辦公室，他們一打開水桶，我當場愣住。

這……我從來沒有看過這樣漂亮的鳥兒。

牠的翅膀是絢爛的寶藍色與鮮綠色堆疊，尾巴帶著點火焰般的橘紅，從嘴喙到眼睛是一條醒目的黑色，黑色上面是一條白色帶狀，頭頂呈現亮褐色，在陽光下閃耀著。在那一刻，我終於能夠體會何謂造物者的精心傑作，此美只應天上有，人間難得見幾回。同事們全都圍上來，喃喃讚嘆道：「好美唷！這是什麼鳥？你在哪裡發現的？」

學生淡定地說：「挖列掃便所時，伊地陀咖跳，挖都用桶阿嘎一摳鄧來啦！」

聽完大家差點倒地。哎唷！人家搞不好只是在休息，你就這樣把牠抓來。

我只好聯絡野鳥協會，聽完我支離破碎的描述，他們非常激動地說：「那是國寶鳥八色鳥呀！」

呃，國寶？！

協會人馬立刻殺過來，帶著相機啪喳啪喳拍照

存證，高高興興地帶著國寶鳥準備放回山林。

我們暗忖，實在太幸運，不用大費周章上山，竟然不只近距離看到還摸到國寶鳥，實在爽斃了！

學生還曾抓蛇來，嚇得辦公室一群女老師花容失色，驚聲尖叫四處竄逃，這一次他們不但沒被獎勵，還被主任罵到臭頭，警告他們下次不要這樣莽撞抓蛇。可憐的蛇最後還是拜託野鳥協會，因為只有他們才知道哪裡是牠的家，野鳥協會，萬歲，萬萬歲！

我一直沒觸碰到貓這一塊，因為我小時候很怕貓。

聽了一堆貓有九條命，貓若半夜跳過屍身，那屍體會成為恐怖的殭屍之類的鄉野傳說，使我看著那些半夜發亮的鬼魅眼睛時，心裡直發毛。

但要來的就是擋不住。

那一天海風狂嘯，頭髮被吹得簡直可以和瘋婆子媲美的狀況下，我牽著根本騎不動的腳踏車，和學生勇敢地逆風前行，要去他那位在迂迴田間道路的家做家訪。但在狂風吹肆的情況下，走著走著，我竟然聽見一個尖細微弱的哭聲，在收割後的荒涼稻田間；我四處張望，再度發揮我的雷達本領，這一次，卻讓我掃到一隻在頹圮稻草堆裡哀號的小小幼貓。

呃，貓？

我當下只猶豫了一秒，立刻將牠從稻草間抱起，冷風無情地狂捲，小貓凍僵的小小身軀拼命在我懷裡鑽，似乎在尋找著媽媽的一絲溫暖。

那一刻，我就像超級賽亞人背上燃起三把火，被激發出強烈母愛，對貓的所有恐懼瞬間一掃而空！

我帶著牠回家，克難地用吸管餵牠喝牛奶。

漸漸地，我們熟了。

牠會爬上我的身體，在我懷裡拼命撒嬌；在我呼呼大睡時，牠會好整以暇地以人面獅身的姿態坐在我腹部，像坐在海浪中漂蕩的船，隨著我的呼吸起伏；看到蟑螂就攻擊追逐，連衛生紙團都可以成為牠的假想敵，每天在家裡像閃電般竄來竄去，自己玩得不亦樂乎！最方便的是貓咪不用帶出去蹓，自己會乖乖地在貓砂盆裡解決民生大事，最適合我這種懶主人，從此我就喜歡上了貓。

貓咪順利被同事認養，於是我們事業版圖又擴大，加入了貓咪救援任務。

而小貓阿比就在預期之外出現了。

阿比被發現的那一天，是去年入冬以來第一波冷鋒，只能用「冷到爆」三個字來形容當天天氣。

一向愛貓的同事小瑜和愛狗的阿佑發現了阿比，趕來問學校最偉大的動物專家阿瑛有沒有食物給可憐的小貓吃。

聽說幼貓受難地點在學務處花臺下，阿瑛隨手抄了一個貓罐頭下樓查看，她仔細搜索牠的蹤跡，果然發現幼貓蜷縮在極角落，只好蹲下用力伸手硬撈。

撈出來一看，骨瘦如柴，雙眼沾滿分泌物，真是只有「慘」字可以形容，牠癱軟著身子，用最後一口氣奮力兇一下阿瑛，就虛脫了。

阿瑛摸了牠一下，發現牠的身軀極度冰冷，不禁嘆了一口氣，內心想著：「要救嗎？應該沒救了。」但在良心的驅使下，阿瑛還是拿了吹風機加溫吹看看，好歹死馬當活馬醫呀！

再灌個葡萄糖救看看。

當她正要滴灌時，卻發現牠的下顎竟然像大門一樣，可以從中間左右分開移動。貓咪虛弱到如此移動牠的下巴，竟連唉一聲的力氣都沒有。

這下事態嚴重，阿瑛立刻發揮賽車手潛能，飛車飆到醫院去。飆到一半立刻停到路邊的7-11，買了一包暖暖包，一邊幫牠保暖一邊跟這孩子說：「加油！撐下去啊！」

衝到醫院，醫院人員才剛睡眼惺忪地拉開鐵門，一看到幼貓慘狀，大家發揮急診室精神動員起來，體溫一量，量不到。

體溫計最低是32度，但牠的體溫連溫度計都量不到……也就是說，阿比當時的體溫比32還低，阿瑛只好哀求醫院，

能救就救吧！

本來想可能是撐不過幾天的，沒想到這孩子很爭氣，硬是活了下來。

醫生總共幫牠動了三次手術，其中兩次是下顎修復手術。知道貓咪動了三次手術後，我臉都綠了。因為貓咪是在學校發現的，手術費用應該用學校的狗狗基金支付，但狗狗基金是同事們每個月熱心捐贈，主要支付校狗糧食及醫護費用，餘額並不多，而且還要留下狗狗的老本，這該怎麼辦呢？

阿瑛嘆口氣說，還是之後再看看吧，因為那時真的無法確定幼貓是否能活下去。所以每次術後我們都只敢問醫院一個問題：「醒了嗎？撐過手術嗎？」根本不敢問費用！

幸運的是，幼貓撐過下顎手術。

不幸的是，腳上的傷口卻惡化，皮掉了一大塊，醫生每天換三次藥，但牠還是偶爾會發燒。

雖然如此，牠仍存活下來！

這孩子超棒，每天努力吃飯，還會撒嬌呢！

由於牠像是阿比西尼亞的混種虎斑，所以阿瑛就將牠取名為阿比。
阿瑛暫時照顧阿比，還承擔要幫牠找一個好主人的重大責任。
至於令人頭大的費用問題，雖然醫院已經幫我們打折了，但仍高達數萬元。
最後我們硬著頭皮，向校內同事募款，沒想到竟募到比預期還多的款項！
我和阿瑛感動不已，都覺得能在這所學校工作是一件很幸福的事。
我常常驕傲地向別人說：「我們學校是一個對動物友善的環境。」
真的很感激同事這樣信任我們，並且幫助動物，真的深深感謝大家！
我相信貓咪阿比大難不死，必有後福，而等著牠的，是一個溫馨可愛的家庭。
去年的冬天雖然寒冷，但內心有一塊角落卻是暖洋洋的！
阿比，趕快找到你生命中的主人，他會給你滿滿的愛和陪伴唷！

第五部 Play 愛，不用翻譯

（Lost In Translation）

除了我的朋友之外，上天還賜與我許多靈魂伴侶，那就是我的動物朋友們，嘟嘟就是其中最重要的一位！剛出來工作時，不適應苦悶的教書生涯，加上在外求學四年後，與家人的生活步調不同，時常和家人起大小衝突。

拖著一天的疲累，回到家還必須面對家中的繁瑣規矩和大家各自的生活原則，根本無法放鬆心情，極度敏感、神經質，又很容易想不開的我，那時能夠安然無恙，是因為我有嘟嘟。

不管多麼煩悶，只要看到嘟嘟那雙烏溜溜、水汪汪的大眼睛，心情就會變好；只要將嘟嘟像嬰兒般輕輕抱在懷裡，牠就會前肢屈在胸前，深情地看著你，一切瑣事和煩悶都會暫時消失。

我在寒冬時，會讓嘟嘟和我一起擠在被窩裡，
牠會用兩個毛茸茸的前肢輕輕抓著我的手臂；
有時我會把嘟嘟抱在胸前，讓牠緊靠著我的心窩，
可以感受到牠小小的心臟在跳動。
我的心也頓時找到了家，
我愛著，同時也被愛。

曾經看過一本和高靈互通訊息的書，書中提到：
動物給人類的愛與一切，
　遠遠超過人彼此之間能給予的。
尤其在嗶寶去世時，我每天下班回家就抱著嘟嘟痛哭。
嘟嘟就靜靜地在我懷中，承受我巨大的傷痛，

一個禮拜的盡情宣洩後，我痊癒了。
即使現在想到嗶寶，我的心情也十分平靜。

嘟嘟給了我機會去愛，
在我還不懂得如何愛家人和學生、
甚至是我自己之前。

如果那時沒有牠相伴，相信我已經成為一個性情孤僻又憤世嫉俗的奇怪老師。
就這樣時光飛逝，我以為快樂的日子會持續下去……

有一天，嘟嘟後腳似乎不太能行走，我雖有點擔心，但忙碌的生活讓我輕忽，我安慰自己說可能牠年紀也比較大了，再觀察看看吧。
但幾天後嘟嘟完全不能走，我開始慌了，趕緊帶牠去動物醫院求救。
醫生認為是腳筋發炎，打了幾針，但隔天不但沒有好轉，似乎連前腳都不會動了。

隔天我回家時，不禁哭了出來，

我看到嘟嘟僵直地躺在牠的坐墊上，只剩水汪汪的黑眼珠會轉動，

牠完全癱瘓了。

醫師只好推薦我到一家大型動物醫院做精密檢查。

助手要我將嘟嘟放在體重計上秤重時，牠僵直地躺在體重計上，另一位助手不明就裡地問：「這隻狗怎麼那麼乖？一動也不動。」

另一位助手回答：「因為牠癱瘓了呀！」

我頓時覺得很辛酸……

醫生從X光的檢查結果判定嘟嘟得了骨刺，壓迫神經造成水腫，醫生要嘟嘟服用消除神經水腫的藥一個月。

我囁嚅地提出一個我最不想問的問題：「如果一個月後，牠還是不能動呢？」

醫生回答：「那就要考慮安樂死了。」

我的心頓時沈到谷底。

回家途中我抱著嘟嘟，一邊安慰牠一邊告訴自己，現在不是哭的時候，要面對的問題是如何照顧嘟嘟。即使最後沒有救，也要讓牠在生病時別那麼痛苦。

爸爸拿了一個網狀的方形塑膠籃，籃子下放置一個底盤，籃子上面則鋪上軟布，讓嘟嘟躺在上面。

再將塑膠籃挖一個洞，讓嘟嘟可以隨時排尿到洞下的底盤而不會弄濕牠的身體。

為了預防牠長褥瘡，白天爸媽在家時，他們會兩個小時幫嘟嘟翻一次身；晚上由我接手，每兩個小時起床幫牠翻一次身。

食物必須用手一顆一顆餵，水則用針筒每兩小時餵牠喝一次。

在朋友的建議下，我讓嘟嘟白天反覆聽著金剛經，希望能安定牠的靈魂，減少牠的痛苦。

姊姊兩個年幼的孩子，經常蹲在嘟嘟的籃邊替牠打氣，我很感謝這些孩子，我深信兒童純潔的能量能淨化嘟嘟的痛苦。

我每天備受煎熬，尤其幫嘟嘟排便更是一大折磨。

由於嘟嘟無力排便，我和爸爸必須每天幫牠灌腸，但牠太小，灌腸的份量不能太多，很難拿捏力道。

有一次我不小心擠太多灌腸液，血液瞬間噴出來，看到這驚恐慘狀，我一邊抱著牠痛哭，一邊整理血和便液，內心痛苦地呼喊著：為何牠必須受這種苦？為何自己沒有好好照顧牠？

每天晚上為了幫牠翻身，必須在床頭隨時放著咖啡，兩個小時鬧鐘一響，我拿起咖啡喝上幾口，逼自己醒來幫牠翻身按摩。到了白天還得上班，真的是筋疲力盡。

有次我實在太累，睡了整個晚沒起來，等到凌晨驚醒時，我看到嘟嘟整個浸在尿液中，一動也不動。

我驚跳而起，搖著牠大喊：「嘟嘟！嘟嘟！」

牠眼睛依然緊閉，完全沒有張開。

我不死心繼續搖，牠還是不動，雙眼緊閉。

嘟嘟死了……

我抱著全身被尿浸濕的牠痛哭。

這一刻終於無情的到來……

我抱著牠，在凌晨時恍惚走出門外，到附近一座尼姑庵門口坐著。

看著懷裡的嘟嘟，心裡暗自祈求希望裡面的觀音能帶嘟嘟到極樂世界。我的眼淚如泉水般，落在嘟嘟僵直瘦小的身軀上。

突然我感受到臉龐一陣暖意，原來是清晨的陽光溫柔地照著我佈滿淚痕的臉，耀眼的白光中微微閃現著七彩的光芒，如同從聖境傳來了一點點慰藉。

一位清晨運動的阿嬤好奇地靠近問我：「怎麼啦？」

「我的狗狗死了……」

「喔……」

她什麼也沒說，靜靜地陪我坐著。

突然間，我看到嘟嘟的眼睛微微地動了一下，

這不是在做夢吧？

我再摸摸牠的胸膛，咦？有心跳？

我一躍而起，馬上衝到動物醫院，一大早把醫生請出來看診。

醫生睡眼惺忪，「結屎面」地走出來。

我激動地把早上的情形解釋一遍，醫生不耐煩的看了一眼，拍一下嘟嘟，沒好氣地說：「結膜炎啦！」

喔，對了，

因為我沒起床清理嘟嘟的尿，結果牠的眼睛被尿液感染，當然睜不開，再加上癱瘓，所以怎麼搖都不動。（嘟嘟也很想動，搞不好還覺得我很吵）

我，我……應該先檢查心跳才對。

煎熬的一個月過去了，嘟嘟卻完全沒有起色。

我一直掙扎要不要讓牠安樂死，這樣沒有品質的生活還要讓牠過下去嗎？

當我在思考究竟要不要結束嘟嘟這種痛苦的生活時，大家認為我還是要再帶牠去看一次醫生。

我告訴醫生，藥已經吃了一個月了，但似乎毫無起色。

醫生面無表情地要我讓牠再吃一個月。

「一個月後若牠還是沒有好呢？」

「再吃。」醫生還是面無表情。

我知道醫生每天面對這些動物的生老病死，嘟嘟也不是他所見的最特殊案例，不足為奇。但對患者的家人而言，要面對所愛的人或動物所受的折磨，卻無能為力，恐怕和患者一樣痛苦吧？

不！恐怕比患者更痛苦。

因為患者可以期待自己終有解脫的一日，

可是患者的家屬卻十分恐懼，到底有沒有雙方都能解脫的一天？

該不會是一條完全沒有希望的漫漫長路吧？

看著摯愛的家人受苦，反而希望他能早日解脫，一旦這種念頭浮上心頭時，卻也立刻湧起深深的罪惡感，便開始辱罵自己。那到底盡頭在哪裡？何時才能重回生活的正常軌道，重拾往日的歡樂？

我和父親也面臨天人交戰的掙扎。

在嘟嘟生病前，我就已經順利申請到澳洲大學的入學許可，並幸運申請到全額獎學金，在這一個月內我必須回覆是否要接受獎學金並履行就學的義務。

爸爸的公司則難得舉行期待已久的員工出國旅遊。

我們陷入膠著狀態。

爸爸掙扎是：「若他出國，誰來照顧嘟嘟？」

媽媽白天要照顧姊姊的兩個孩子，而我又要上班，於是我們帶著嘟嘟到一家比較偏僻的農會獸醫院，詢問他們是否能在爸爸出國期間，白天照顧嘟嘟，下班時我再接牠回家。

當獸醫太太聽到嘟嘟兩小時要翻一次

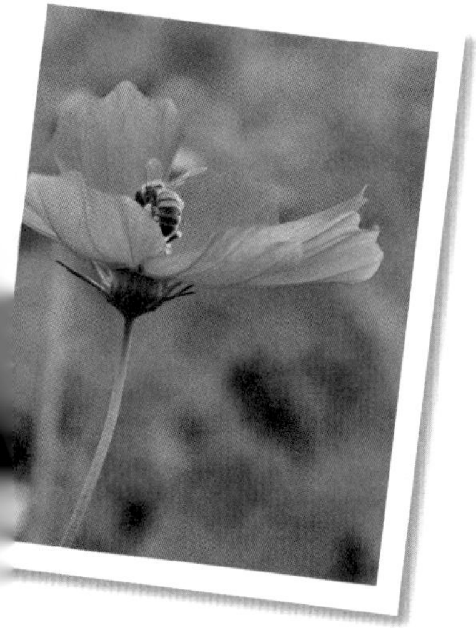

身，還要按摩時，覺得不可思議地說：「阿是咧顧阿公喔？」

但她還是答應了。

回家後我告訴爸爸趕緊向公司確認可以參加旅遊了，因為這畢竟是爸爸第一次出國旅行呢！

爸爸眉頭深鎖，只說明天再說吧。

隔天下班時，媽媽告訴我，爸爸跟公司說他不參加旅遊了。

我十分震驚，因為一切都安排妥當了呀！而且爸爸期待了很久，為什麼不去呢？

「爸爸說大陸太落後了，你看千島湖事件，那麼野蠻危險的地方，還是別去的好。」

可是我知道，真正的原因不是這個。

看著正在為嘟嘟翻身的爸爸，我眼眶紅了起來……於是暗自下了決定，如果嘟嘟沒有起色，便放棄獎學金和入學。

雖然這是千載難逢的好機會，但我知道，如果在出國時嘟嘟仍然癱瘓，那麼在我出國後，嘟嘟就必須安樂死，那我一輩子都會後悔沒有在嘟嘟死前陪在牠身邊，讓牠孤獨痛苦的死去。

對我而言，什麼是最重要的，我已經知道了。

多年以後，我讀到一位在猶太集中營中倖存的心理醫師維克多．法蘭可（Victor E. Frankl）在二戰時，已申請到美國政治庇護，卻放棄到美國的機會，選擇和老邁的父親一起進入集中營的事蹟，特別感動於他說自己可以親自照顧父親到最後一刻，是他這一輩子最欣慰的事。

同樣的，八八風災時，一對在山上務農的老夫婦，因為救生艇無法一起救他們和數隻拉不拉多和哈士奇下來，最後選擇和狗狗們一起待在山上。沒想到，隔天救援隊卻發現了他們的屍體：狗狗們在大水襲來那一刻，為了保護主人，圍住主人形成一個圈。看到這新聞，我不禁潸然淚下，因為我明白這種心情。

什麼是最重要的選擇，什麼選擇會讓你一輩子都不後悔。

就在我準備通知國外要放棄時，突然發現嘟嘟頭會動了！我欣喜若狂地告訴醫生，醫生說那就會逐漸進步。

而奇特的事情也發生了！

提撥獎學金的單位通知我明年才能拿到獎學金，而澳洲的大學也同意我延後一年入學，也就是我可以陪在牠身邊，觀察並照顧牠一年。

感謝老天！

除了感謝，我還能說什麼？

曾經看過心靈書籍中提到，當你的頻率和宇宙是一致時，事情會如同順流一般地開展，毫無阻礙。

那什麼是和宇宙一樣的頻率？

我想，宇宙的頻率就是真實、無條件的愛。

因為我決定留下來照顧嘟嘟時，心中毫無怨懟，反而心甘情願，欣喜地接受，所以事情才會如此順利吧。

感謝宇宙，讓我學會這麼重要的道理！

接著，全家每天都開心地看著嘟嘟神奇的進展。

第一個禮拜，牠的頭可以動了；

第二個禮拜，四肢可以動了；

第三個禮拜，可以坐起來了！

再來，會站了，

最後，可以走了！

當嘟嘟開始努力站起來，重心不穩倒下時，全家激動地在一旁幫牠打氣加油；當牠開始一步一步走時，全家更是含淚且歡聲雷動，拼命拍手。

好像看著一個孩子學走路的溫馨歷程，或許比那更感動，因為牠本來是被宣判要安樂死，最後卻重拾新生的狗兒！

在嘟嘟完全康復後，我便將嘟嘟託付給父母，一個人背著行囊，前往我生命中重要的人生轉捩點——澳洲。

在離開之前，我望著嘟嘟的眼睛，想知道牠想告訴我什麼。

嘟嘟，我很愛你，你知道嗎？

每次我這樣告訴牠時，嘟嘟的眼睛總會盈滿淚光，然後用牠冰冷的鼻頭碰觸我的臉，輕輕地舔著我的臉。

親愛的嘟嘟，

我想我已經知道你想告訴我什麼了，

那是不需要翻譯的……

事隔多年，因緣際會之下，我和國外的動物通靈師有了聯繫。

我請她為嘟嘟做遙視通靈解讀，她告訴我，嘟嘟知道我非常非常愛牠，牠來到我生命的目的，是要讓我知道，不管過去的生活多麼悲慘，命運還是可以被改變。

是的，我知道。

我感謝生命中曾經有嘟嘟，

牠讓我知道如何去愛。

她在信中寫到：

He knows you love him.

But he really wants to let you know.

He loves you very very much.

Do you know that?

第六部 Play 臥鼠藏狗

（Crouching Tiger, Hidden Dragon）

學校一向是鼠患為禍之地，

原因有三。

首先，辦公室雜物特別多。

據一位剛調進來的同事說，當她第一眼看到辦公室時，嚇了一大跳，只能用廢墟來形容。

不過說實在的，身處廢墟的我們一點也沒有感覺哪裡不好，反而還因為周遭許多雜物覺得頗有安全感哩！

再者，學校花園水溝多，怎可能沒有老鼠？

最後，教育應該是一種頗為耗費體力及心力的工作，為了補充體力及減輕心理壓力，我們盡可能儲藏各種美食在辦公室，還經常分享最夯團購美食的情報，時常火速揪團訂購。因此竟然得到「團購焦慮症」。

只要看到同事們在收錢，便會立刻緊張地問：「你們在收什麼錢？是不是買了什麼我沒跟到？」

所以經常沒有安全感地囤積大量美食。

在這三種因素糾結之下，每天一來學校，都會驚喜連連。

不是桌上遺留著群鼠昨夜轟趴後留下的餅乾屑，要不就是我極度懷疑牠們也搞拉K那一套，導致屎尿失禁在我們的桌面上。

但，我們最害怕的是看到衛生紙被咬得碎碎的。那就表示，老鼠們要高唱：

我的家庭真可愛……

牠們正在做窩，要生小 Baby 啦！

還有什麼比打開抽屜，原本是要拿餅乾，卻竟隱約摸到粉嫩觸感更可怕的事呢？

那就是當你顫抖地往抽屜慢慢瞥見……一窩剛出生的紅通通幼鼠！

還有當你開心地、不經意地打開抽屜時，結果一個身影從抽屜彈跳而出。

那時，萬籟俱寂，只剩下一個聲音……

啊！！！

曾有女老師因為這樣，尖叫聲傳遍整棟大樓。

但老鼠也是生命呀！

若親眼看到牠們慘遭屠戮，我會很不忍心。

說穿了，對牠們的好惡是一種主觀意識在作祟。

印象最深刻的一次，就是我和同事燕子，兩人開心地在春天的校園中散步，突然瞧見一隻胖胖肥肥的「松鼠」，正坐在小平臺上望著我們。

牠兩隻前肢微曲，微微露出門牙，水汪汪的大眼珠正骨碌碌、目不轉睛地瞧著我們。

我們不禁握拳置於下巴，做開心狀，激動大喊：「好可愛！」

牠接著便悠哉轉身背對我們，頓時我和燕子像被電擊一般，渾身動彈不得。

牠……牠的尾巴，

不是毛茸茸的可愛團狀，

而是細細長長、詭異的一條……

是、是老鼠！

而且是超級大老鼠！

我和燕子兩個當場抱在一起慘叫：「好恐怖！」

我想老鼠一定覺得很困惑，也不過就發現尾巴形狀不同，怎地態度就一百八十度大轉變？

所以人都是被教育和觀念所制約。

但可不是每個人都會像我這樣想，畢竟老鼠會傳染疾病，所以一旦看到老鼠，大家必定殺聲四起，要趕盡殺絕才肯罷休。

那時你會看到一群環境保衛者殺紅了眼，一邊喊一邊拿著掃把亂揮亂打；另一群眾生平等者則在一旁閉上眼睛，猛念阿彌陀佛。

唉！這真的是永難達成共識的兩難處境。

但後來，阿呆出現了，

牠為我們解決了部分的難題。

因為阿呆就是名震江湖，威震天下，頂港有名聲，下港尚出名的老鼠終結者！

這要從阿呆小時候說起。

有一天警衛小董跟我說水溝裡藏了一隻流浪幼犬。

我蹲下身子，往下至水溝口一看，只看到兩隻眼睛，在水溝內閃閃發光，並不時發出怒吼聲。

第一次見到這麼兇的幼犬，根本不可能靠近，何況援救？

我問小董：「這狗怎麼過活的呀？」

小董說：「牠會抓老鼠！」

難怪那一陣子我覺得老鼠銳減，原來都被牠獵捕，帶回水溝內大快朵頤了。

既然牠會自己求生存那我就放心了。

從此這一隻幼犬，都趁沒人時，神龍見首不見尾地偷偷跑出水溝，

一有風吹草動，就迅雷不及掩眼耳地藏進水溝裡。

幾個月後，我躲在樹後觀察牠，

因為一個迫切的問題必須要面對：

狗狗是公的還是母的？

公的我就不管了，

但要是母的就慘了。

會像爆米花一樣爆出一堆的puppies！

我在樹後賊頭賊腦地躲了半天，仔細盯著牠的下半身瞧，（自從開始救援動物後，我就經常做偷窺人家下體的猥褻之事）

答案揭曉，

噹噹！

唉，是母的……

那就得開始擬定結紮A計畫，

如果行不通就要趕快替換成B計畫！

我和同事阿娟開始沙盤推演，

計畫A如下：

先跟動物醫院要一些鎮靜劑，買一罐頂級牛肉加肝的狗罐頭（這是牠們最難抗拒的口味，如同米其林三星美食），然後將另外兩隻已從流浪狗升格為校狗的小黃和妹妹先栓起來，以免牠們跟著搶食而陷入昏睡。

將鎮靜劑加入罐頭內，弄成一盤美食放在草地上，引誘狗狗來吃。

但這個計畫有一個很大的問題，

萬一狗狗吃完美食，高高興興地跑回自己的窩——水溝，舒舒服服睡一晚，那我就功虧一簣了。

我只能一邊祈禱，一邊躲在樹後，同事阿娟則在一旁的公用電話待命，等我一聲令下，立刻打電話給獸醫。

狗兒聞到飄來的美食香味，賊頭賊腦地出來之後，朝著食物的方向努力用鼻子嗅聞，並躡手躡腳地走到食物旁四處張望，確定沒人後，便開始大快朵頤。

我趕快在樹後對阿娟揮旗打暗號，阿娟立刻進行下一步行動。

接著，震撼的音樂響起，門口瞬間出現捍衛戰警——獸醫，

只見他一手高舉吹箭，另一手抓著布袋來了。

小董請獸醫先按兵不動，因為我怕一不小心驚動狗狗，牠會溜回水溝，那就功虧一簣了，因此祭出準備好的終極武器——塑膠便當籃框。

我在樹後觀察狗狗吃完，似乎有睡意時，躡手躡腳地從後面靠近牠，立刻以迅雷不及掩耳的速度把籃框蓋在牠身上，然後使出渾身的力量一屁股坐在籃框上，以免牠掙脫。

此時我只感覺屁股下面一陣天搖地動，還發出如同酷斯拉般的怒吼聲，此時小董立刻請獸醫出動。

他拿起布袋「看播ㄉㄟ」（蓋布袋），一口氣將布袋蓋住籃框，將整個籃框連同狗全塞進布袋內，再抖一抖將籃框抽出來，袋子上肩，扛回去結紮了。簡直神乎其技，令人嘆為觀止。

一個星期後，醫生將狗狗放回來，奇怪的事發生了！

狗狗結紮回來後，變得非常親人且愛撒嬌，完全不像以前齜牙裂嘴的模樣，所以這就是……號稱豆芽菜版本的「小王子馴服小狐狸的故事」，只是好像太粗魯了，一點哲學和詩意都沒有。

看狗狗呆頭呆腦的模樣，我們將牠取名為阿呆。

牠雖然變得很親人，但還是像以前一樣，喜歡待在水溝內，而且身材急速橫向發展。

我和警衛小董非常擔心如果有一天牠進去水溝之後，卡在裡面出不來變成「母狗卡卡」，那就真的要請消防隊鋸水溝了。

所以我請了木工阿北（叔叔）為牠做狗屋，然後將水溝口用磚頭堆疊堵起來，阿呆從此和牠的地底樂園 say good-bye。

但牠卻很高興有了一個新家。

從此阿呆開始了牠光明燦爛的地面生活。

學生超愛牠，經常餵牠容易讓牠得高血壓和心臟病的雞腿。

阿呆一天生活的斯ㄍㄟ救（schedule）如下：

白天在樹下的狗屋睡大頭覺，微風徐徐地吹拂著牠的臉，一醒來就已經有一群學生奉上洗過鹽、去過油水、還撕成一塊塊的雞腿肉讓牠享用（對學生來說，在校園內能接觸動物，或許是煩悶的學校生活中一丁點紓解和快樂），還有比這更好的時光嗎？

我們放假時還拜託警衛幫忙照顧，我詳細列出一張清單，上面註明清楚注意事項。因為怕忙中有錯，趕緊再拿給同事小靜檢查。

小靜看到第一點就大呼小叫，然後語重心長地對我說：「警衛可能會說：『老師，這個我們沒法度啦！』」

我一瞧，第一點寫著：請為狗狗吃狗食。（筆誤啦！應該是請「餵」狗狗吃狗食……）身為老師還寫白字，真不好意思，但馬有失蹄，人有失智（字）嘛！

阿呆會表演很多特技，一是她在中廊奔跑，遇到階梯時還會急速煞車，你會看到牠肥厚的屁屁急速往下抵制，煞住後還發出「ㄍ一」的尖銳聲；另一項特技是牠會邊跑邊看周遭，結果一回頭就撞上學生停在校園的腳踏車。

由於阿呆喜歡長時間待在狗屋，再加上營養過剩，長期下來終於把狗屋壓垮了。於是我只好再請木工阿北來，順便也把其它狗屋一一補強。

於是阿呆又有了一座嶄新的狗屋，而且這一次與原先大不相同，木工貼心地為牠設計擋風板，因此門有一半可以擋風遮雨。

誰說福無雙至？好康的事接二連三，同事家熱心捐贈棉被，因此雖然時逢寒冬，阿呆牠們的的狗屋卻舒適極了！

更棒的還在後面，美國一家廠商將高級狗狗睡墊歲末出清，捐給流浪動物，阿呆牠們也沾光，一隻狗拿到一個，所以牠們都待在有高級狗狗座墊的狗屋裡，真是非常幸福啊！

從地底黑溝抓老鼠的悲慘歲月轉變成睡在高級狗墊，住在樹下豪宅，三餐大魚大肉的生活，誰說人生，喔，不！是狗生，不會轉變呢？

阿呆正在豪宅裡，肉足飯飽，半睜半閉著眼，打著哈欠並在心裡說：

生命會越來越美好的！

第七部 Play 暗夜哭聲
（A Cry in the Dark）

我的心中有兩道很深的傷口。

這兩道傷口讓我走上救援動物的道路。

第一段痛苦的經歷發生在我國小，當時對面的鄰居不知從哪裡牽來一隻小土狗，將牠取名小欣，牽到田後的林子裡，有一餐沒一餐的餵牠，沒有認真照顧。

小欣骨瘦如柴，而且滿身的皮膚病。

我很心疼牠，便常常去林子裡摸牠，陪牠玩，有時甚至偷拿一點食物給牠吃。

在那個沒有動物保護觀念的時代裡，到處都是這樣的飼主。

幼小的我，沒辦法為牠做什麼事。

小欣只要看到我就很開心，即使被鐵鍊栓著，牠仍會高興地又叫又跳，拼命搖尾巴！我知道牠愛我，但這一份愛，卻幾乎把我擊垮。

有一天我在家裡，外面突然傳來一陣叫罵及騷亂聲，我立刻趴在窗口看大人們在做什麼，結果看到了我最痛恨的香肉店摩托車。

在那個年代，香肉店會派摩托車，後面綁著一個鐵籠，街頭巷尾走透透，邊騎邊廣播「有人要賣狗嗎？」

每一次一看到這些摩托車，就像看到魔鬼般令人厭惡至極！再見到籠子裡那些命運悽慘的狗兒，我都心痛得暗自垂淚。

現在這魔鬼竟然出現在此，他們要做什麼？

我看見香肉店的人拿鐵鍊要拴住小欣，小欣齜牙裂嘴奮力抵抗，牠的模樣非常凶狠，沒人敢靠近。

媽媽跟我說那鄰居叫香肉店的人抓走小欣，要把牠以五百元的價格賣給香肉店，聽到後我手腳幾乎癱軟。

不！

不要！

不要帶走小欣！

不要殺牠！

我衝下樓，跑進人群裡，傷心欲絕呼喚：「小欣！」

牠一聽到我的聲音，便高興地轉過頭找我。

就在那一刻，香肉店的人趁機一把栓住牠，小欣就被拖進籠子裡了。

那一刻時間靜止了。

摩托車揚長而去，人群散去，呆愣在原地的我，心已經支離破碎……

是我，

是我害了牠，

如果不是我叫牠，

如果不是我……

我衝回房間痛哭失聲，心像被扎上數千支針般痛苦，這個傷口，在我心中永遠無法癒合。

後來我開始工作，一位鄰居撿到一隻狗，取名為東東。

東東是一隻毛茸茸的中型長毛母狗，可愛極了，我也常常去照顧牠。

牠是一隻熱情的狗，會和我玩在一起，有一天，我一如往常去找牠，卻沒看見牠的身影。

正在疑惑時，主人告訴我他們一家人已經好幾天沒看到牠。

我心裡很焦急，卻也莫可奈何。

過了十幾天，東東回來了！

但是牠卻用後腳拖行走路，後腳破皮流血，蒼蠅叮噬著傷口，牠似乎毫無感覺。

我明白了，東東一定是出去蹓躂時被車撞了，這十幾天拖著後腳一步步走回來。

我光想像牠沿路拖著後腳，一心一意要走回家的畫面，就心痛極了。

但我望著主人漠然不在乎的表情，就了解他們不可能會帶牠去看醫生，我毅然決然抱起東東，衝去動物醫院照X光。

醫生診斷後後說牠撞到脊椎，後腿已經徹底癱瘓，不可能復原了。

更糟的是，從此以後會大小便失禁。

聽完我當場淚如雨下。

大小便失禁？那牠的主人還會要牠嗎？會不會就這樣把牠扔了？

那時我還沒有任何動物救援管道，家裡也不准我再養狗，那該怎麼辦？

當醫師知道我帶來醫治的是鄰居的狗時，思索了一下說：「這樣好了，我堂弟是復健和推拿治療的醫院醫生，可以試試看讓狗狗去做復健和推拿，說不定會出現奇蹟。」

我一邊擦眼淚一邊問：「可是醫生，你堂弟是醫人的，他會願意治療狗嗎？而且一次費用要多少呢？」

那時家裡負債，我每個月的薪水幾乎都在償債，手頭並不寬裕，不知道自己是否能支付這一筆龐大的醫療費用？

醫生打電話給他堂弟，對方爽快地答應了。

我立刻騎上摩托車，將狗狗裝入紙箱，放置於前踏版，飛奔至復健診所。抵達診所後，醫生要我將東東帶進去。

他戴上手套，要我抱著東東的前肢，開始推拿牠的脊椎，頓時屎尿一起從東東身體排出。聞著滿室的惡臭，我難過的想醫生一定很後悔，下次恐怕沒機會了。

半個小時後推拿結束，醫生對我說：「我們試試一個禮拜兩次復健，妳三天後再來。」

「醫生，謝謝你，那我要付多少？」

「不必了啦！我也很想實驗看看。」

我瞬間眼裡噙滿淚水。

謝謝你們！

謝謝願意這樣幫助我和東東的善良醫生們。

雖然得到幫助，但我擔心的事情還是發生了。每次我要去帶東東去做復健時，主人便跟我抱怨東東的不是。

因為東東大小便失禁，他們便將牠逐出室內，說牠把環境弄得很糟，甚至說東東還跑去鄰居家大小便，鄰居都來抗議了。

我默默聽著沒有回話，

天知道我有多想把東東帶回家養，才不想讓你們這樣糟蹋牠！

可是家裡已經有嘟嘟，爸媽一定不會答應，

如果我有自己的房子，一定毫不猶豫帶牠回去！

可是現實條件的無奈讓我無從選擇。

可能是因為看在我每個禮拜帶東東去復健的分上，他們不好意思將狗丟棄，深怕我會指責他們。

我每天都在擔心東東會從我的生命中消失，每天都要看到牠，心才能安定下來。

復健後牠的狀況逐漸改善，能微微地用後腳撐起走路，但另一個糟糕的狀況又出現。牠的尾巴長期拖地，嚴重潰爛，傷口沒好又繼續磨地，狀況變得更糟。

醫生建議我將尾巴截掉，我狠下心讓牠動手術，但因為牠幾乎是坐在地上拖著行走，截短的尾巴仍會和地面接觸，結果還是一樣潰爛，而且看起來更糟。

我不禁自責讓牠白白受苦。

我該怎麼辦才好？

那時沒有狗輪椅的資訊，不然我一定會為東東訂做一臺，我甚至去五金行想辦法為牠製作輪椅，無奈天生沒有機械概念的我做不出來。四處詢問也沒人可以幫忙，東東只好就這樣繼續生活。

雖然東東過得很辛苦，但牠只要一聽到我的摩托車聲，就會立刻快速爬行到我家，緊緊靠著我，凝視我並且舔我，牠還會開心地在地上翻過肚子給我摸。

我曾騎著摩托車載著牠去公園玩，牠高興地四處拖行嗅聞，但是人們看到牠怪模怪樣，不但閃避還用嫌惡的眼神看牠。這種情況使我心疼不已，蹲在地上凝視著牠，撫摸著牠的臉頰並親吻牠的額頭。

我跟東東說：「他們不愛妳沒關係，還有我愛妳。」

東東聽完話後，眼睛似乎變得晶瑩發亮，那一刻我心想：即使不能養牠，我也要照顧牠一輩子。

無情的命運再度到來，某一天我發現東東失蹤了，我懷疑是主人把狗丟棄，我憤怒地追問，但他卻一副「我怎麼知道」的表情。

我每天含淚爬上家裡頂樓望向遠方，看能不能盼到東東歸來。

但每一天都沒有看到牠的身影，我一邊拭淚一邊下樓，隔天繼續等待牠歸來。

十天後，半夜一、兩點時，我聽到門外熟悉的狗叫聲，我立刻一躍而起，光著腳衝到樓下。

那熟悉的身影氣喘吁吁坐在門口，我立刻拉開鐵門，哭著大喊：「東東！」

牠飛奔入我懷中，我緊緊抱著牠，人狗哭成一團。

東東不知什麼原因到了遠地，又拖著後腳回來。那時是炎熱夏日，後腳拖行在滾燙的柏油路上是多麼辛苦！

牠一回來就先找我，照理說我應該感動到無以復加，但奇怪的是那一刻，突然一個念頭從腦中閃過：這就是失而復得嗎？也沒什麼嘛！

至今我仍不明白那時為什麼會有這種想法，但這輕蔑的想法卻從此成為我揮之不去的夢魘……

當夜我告訴牠不要再亂跑了。

隔天下班時本來要趕緊回家探望牠，但同事心情不好約我吃飯，我猶豫了一下後答應了邀約。

回家時夜已深，所以只好隔天早上再去找東東。

但隔天早上我去找牠時，發現牠又不見了，

我憤怒地想會不會是主人把東東丟棄，但他仍是否認到底。

我發了瘋似的尋找，卻怎麼也找不到。

這一次東東徹底在我生命裡消失了。

我覺得這一定是上天對我的懲罰，因為我沒有珍惜失而復得的牠。我又開始在每天傍晚時爬上樓頂，含淚呼喚東東直到日暮低垂。

但這一次牠卻再也沒有回來了。

我到處求神問卜，想知道東東是生是死，但卻都沒有答案。

我從此再也不敢親吻狗狗額頭，我害怕牠們會因為這樣而失蹤；

我也好久都不敢下班後跟同事朋友聚餐，我害怕因為這樣，我會失去見牠們最後一面的機會。

這兩道傷口深深折磨我，我拼命閱讀心靈書籍，參加心靈活動，想找到撫慰自己心靈的答案，卻苦無結果。

直到那一年，我前去印度奧修社區參加催眠課程，將這糾纏多年的問題交給催眠師。本來期待能看到牠們在天堂裡的畫面讓自己好過一些，卻意料之外的在被催眠後發生我生命中第一次神祕體驗。

催眠過程中，一股力量接管我的身體，那強大的力量源源不絕地說出鏗鏘有力的字句震撼著我靈魂深處。這力量說：

安排這一切都是有原因的。
如果不是這樣，
我就不會走上探索心靈的道路。
這力量要我永遠記住一句話：

The inside is true,
The outsude is not true.

我淚如雨下哭到幾乎脫水，久久不能自己。
這就是靈魂的課題嗎？
小欣和東東是為了我而來的嗎？

小欣！東東！
你們可知道至今在撰寫你們的故事時，我仍是無法控制地淚流滿面。
可是我願意將對你們的愛，化成一股更大的力量，
我不要再耽溺在回憶中，我不能繼續在暗夜裡哭泣，
我要從對你們的悔恨中走出來，將迎接生命的曙光，
終有一天我會在天堂與你們相會。
請等著我，等著和我重逢的那一刻，
這一次我一定會再次深深親吻你們的額頭，
因為那一刻我已無所畏懼，
因為那時再也沒有任何力量能將我們分離了！

第八部 Play 美麗蹺家狗
（Sweet Home Alabama）

嘟嘟是一隻跟得上時代的小狗，因為牠就是時下最流行的寂寞宅男！

我撿到牠時，牠全身上下就已有許多問題（皮膚不好、氣管不好、腳殘廢、以及隱睪症）。在如此悲慘的情況下，我實在不忍心堅持我那名震江湖的「胡一刀」風格（凡撿到狗狗，不計公母，遑論老幼，管他黑黃白黑，必定送去動物醫院一刀閹了）。

想說都隱睪了，應該也不會發情吧？

而且腳也站不起來，看到母狗也沒有什麼搞頭吧？

就這樣，讓牠逃過狗狗聞之色變的刀劫。

結果牠讓我見識到造物主的偉大，想跪地叩頭崇拜一下雄性激素的力量。我想，或許正因為此力量的存在，這世界才會生生不息，六畜興旺。

只要有狗狗接近嘟嘟五十公尺之內，牠會立刻使出蒼蠅男死纏爛打的功夫，不停騷擾狗狗的後半部，直到對方煩不勝煩，生氣地反咬牠一口為止。

所以，隱睪算什麼？我想起影集《慾望城市》中，米蘭達的前男友手術後只剩一顆睪丸，卻還是讓米蘭達懷孕，氣得她說出一句經典名言：「顯然一顆就能發揮極大效果，另一顆只是裝飾用的！」

因為上述原因，嘟嘟沒有什麼狗狗朋友。

我看在眼裡，疼在心裡。

那種心情，就好像發現自己的優秀兒子，竟是別人眼中不知如何追求女性的宅男。

我怎麼捨得女孩們這樣看待我的寶貝呢？

所以我下定決心，希望幫嘟嘟討一門好媳婦，成就一對「狗男女」！

當然沒有要讓牠們搞出狗命，只是做伴而已。

決定方向之後，便展開四處尋找可以認養也適合當嘟嘟伴侶的任務。

幾番波折之後，發現這真的比湯姆克魯斯的「不可能的任務」更加困難！

每次都興沖沖地帶著嘟嘟去認養會場，或去見朋友欲認養的狗狗舉辦相親大會，

但是試了n次，都沒有找到適合的對象。不是媳婦們太兇悍，修理得嘟嘟哀哀慘叫；要不就是人家連甩都不甩你，但嘟嘟仍是毫不死心拼命纏著人家，那股窩囊相連我都想大喊：你還算是個男人嗎？人家都給你這麼難看的臉色了，你也好歹有點骨氣和尊嚴吧！

在這種情況下，只好揪著一顆恨鐵不成鋼的哀怨的心，懷著「心肝結歸丸」的苦悶，硬將嘟嘟一把擄走！

一邊安慰自己，就讓上天決定一切吧！

就這樣，嘟嘟寂寞黑暗的日子持續下去，曙光並沒有出現。

就在我和牠快放棄希望時，奇蹟出現了。

有一天，我走在回家的路上時，竟然看到一個白色髒髒的小身影在垃圾堆裡尋找食物，我那一向關注流浪狗的狗雷達瞬間啟動。趨前查看，竟是一隻白色博美！

當下貝多芬的命運交響曲立刻在我心中震撼響起。

這，這簡直是天上掉下來的禮物嘛！

我竟然發現一隻和嘟嘟一樣體型的流浪博美。

嘟嘟你終於有伴了！我開心地將狗狗一把抱起，牠本來正一心一意專注地找尋食物，被我突如其來的一抱，嚇得四肢僵直，愣愣地直瞪著我。

我一看，肚子上沒有那直挺挺的一根，

結論：是母的。

太好了！一定是老天聽到了我的祈禱，

嘟嘟呀嘟嘟，你這曠男終於出運了。

我看那隻博美渾身壁蝨跳蚤，想必流浪了一陣子，便立刻送牠到動物醫院準備大肆整理門面，再找個好時機結紮。

醫生一看到牠毛髮糾結的慘樣，眼露凶光，像劊子手執起斧頭般高舉電剪，只差沒有發出「喝！喝！」兩聲怒吼，三兩下便將牠剃得光溜溜。

一隻渾身是毛的博美，瞬間變成一隻只有頭上有毛的小怪獸，有點像帶著狗面具的外星生物，從牠後面看去，就像一根大熱狗。

醫生對我說：「先觀察幾天再預約結紮時間。」

我高興地把狗狗抱回家，果然不出我所料，嘟嘟開心到要飛上天了，牠立刻在客廳和那隻小母狗展開追逐戰。

我見證了那神聖的一刻，深深佩服上帝奧妙的巧思。賀爾蒙的作用，使嘟嘟激發出殘而不廢的潛能，從平常的不良於行瞬間蛻變成奧運短跑健將和跨欄選手。

白色博美在被逼急的情況下，沒牆可跳只好跳沙發，嘟嘟卻還能像掉落泳池卻急於上岸的旱鴨子，發揮求生本能，以牠唯一健壯的兩隻前肢，邊哈氣邊死命攀抓著沙發邊緣。眼看牠要爬上沙發了，可憐的母狗像壯烈犧牲般地往下一跳，兩隻狗狗再度

展開第二回合追逐戰。

母狗終於不堪其擾，想要回頭咬嘟嘟，我立刻將母狗一把撈起。因為萬一真的咬到，瞧牠那森森利齒，可不是開玩笑的。

母狗累得在我懷裡一直喘氣，一邊喘一邊死瞪著嘟嘟，並發出低低的怒吼聲。我嘆了一口氣。突然覺得這場景彷彿是女生被不喜歡的無賴男追求的可憐窘境。

身為新時代女性的我，只要一聽到朋友訴說類似情況，都會義正嚴詞發表強硬聲明，要對付這種死纏爛打的蒼蠅，只有一個方法，那就是……厚伊死！

可是當那隻死纏爛打的蒼蠅，竟然是自己不成材的兒子時，慈母的心頓時既複雜又感傷。我知道這一次大概又無望了，這樣下去，如果每天上演這種「窈窕淑女，君子好逑」的戲碼，嘟嘟不是哪一天心臟病發作，就是會被咬傷住院。我內心不禁暗忖：唉！看來這次又選錯狗伴了。

那就把小狗養得漂亮一點，等毛長出來以後，再想辦法辦認養會吧！

當天夜晚，我將母狗放在我房間內，

我又再度見識到雄性激素不達目的絕不罷休的那一股衝勁。

嘟嘟在門外不停抓著門板，一整夜都不肯睡。

隔天，我將嘟嘟關進房間，帶著母狗去散步。

走到我撿到牠的垃圾堆時，牠突然死命拉著繩子，似乎要把我帶往另一個方向。

我硬把牠拉回來，牠卻抵死不從。我當下想到，會不會像電視上演的，狗狗要帶我去什麼神奇的地方，然後我就會發現不可思議的大祕密！

於是我便讓牠帶著我走進小巷子裡。

經過一段彎彎曲曲的暗徑，到了一處民宅，我只看見兩個歐巴桑在門口聊天。

牠突然激動一扯，繩子因用力拉扯從我手中脫落而去。

牠飛快地朝著兩位歐巴桑跑去，拼命用前腳抓住一位歐巴桑的腳。

那歐巴桑轉身低頭一看，立刻花容失色的大呼小叫：「唉喔！咩立（美麗），利哪ㄟ變ㄤ內（你怎麼變成這樣）？哪ㄟ攏嘸摸拉（怎麼都沒毛啦）？」

我當場愣住。

經過一番解釋才知道，牠根本不是流浪狗，而是比較隨意放養的狗。說實在這真的不能怪我誤判，很少有人把品種狗這樣放養，因為很容易走失或被人抱走，再加上我看到牠的時候，牠又渾身髒兮兮，認真埋首於垃圾堆中，這……真的很難不判斷錯誤吧？

我遲疑地對歐巴桑說：「你怎麼會讓小型狗到處亂跑？不怕被人抱走嗎？」

歐巴桑理直氣壯地說：「咩立賣乎郎哇（美麗不會給人靠近），嘛賣乎郎鋪啊（也不會給人家抱），攏免操煩（都不用擔心）。阿災計概公ㄟ嘸企（哪知這次會不見），往來是呼利 gay 西流浪狗都抱企喔（原來是被妳以為是流浪狗就抱走了喔）！」

一切終於真相大白。

當我知道美麗有主人時，我一方面很開心，另一方面卻也有點失落。

我輕輕摸摸美麗的頭，跟牠說：「咩立，妳要保重，再見囉。」

不知為何，一項保持高度警戒的美麗，突然溫柔地站起來抬著前肢，將前肢按在我大腿上。

牠溫柔的大眼凝視著我，我很難解釋接下來發生的事，可是我好像聽到牠在跟我說話，一些話語像心電感應般地傳進我心裡：

妳一定會發現理想的小狗的！

而且，

不久妳就會發現了！

感受到這些言語後，我在想：應該是錯覺吧。

我帶著狐疑的心，孤身握著繩子，慢慢走回家。心中仍不斷思索著：

剛剛聽到的那些話，應該是我自己的幻覺吧！

但是，後來發生的事，似乎說明了那並不是幻覺。

多多！

出現在我和嘟嘟的生命裡了。

第九部 Play 天生絕配

（Perfect Match）

「螳螂嘟」生命中的伴侶終於出現了，

那就是「鬼臉多」。

鬼臉多，狗如其名，永遠將舌頭伸出嘴巴外，就像在做鬼臉一般（有圖為證）。

說起撿到鬼臉多的那一天，真可說是戲劇性十足，令我難以忘懷！

有天上班途中，我正在開車，卻看到一個痀僂的小小身軀，拖著沉重的肚子喘著氣，龜速低著頭過馬路。

我把頭探出一看，那不是博美狗嗎？而且是一隻白色博美！

有鑑於咩立的慘痛經驗，這一次我不敢隨便亂撿。

但我疑惑著，會不會像咩立一樣是附近人家養的？

就這樣遲疑著，已經瞬間開過去了。

我邊開車邊掛心不已，即便有人養，瞧牠那無精打采媲美蝸牛的速度，萬一被車撞怎麼辦？於是我打了如意算盤，決定再回去看一看，先把牠抱起來，四處問問附近人家，找到了牠的主人之後，還要諄諄勸告他們千萬不可以這樣把狗放出來。

敲定這完美的計畫後，我飛也似的迴轉方向盤，一回到原地，赫然發現小博美根本就走不動了。牠像狗熊一樣坐在路中間，喘氣發呆。

我立刻下車將牠抱起。

牠是一隻舌頭外露的狗，眼睛半睜半閉，好像睡眠不足的樣子。

我抱著牠正打算四處去問人時，一群坐在旁邊喝茶的歐吉桑，從頭到尾見到我整個援救過程，卻都不出聲。

等到我一救了狗，他們像逮到機會一樣，我還沒開口，立刻在旁邊揮手並大聲嚷嚷：「嘸郎ㄟ告啦（沒人的狗啦）！ㄍㄧㄣ波造啦（快抱走啦）！金ㄎㄛ憐喔（真可憐喔）！」

啥米？那你們剛剛怎麼都不幫忙？

只會作壁上觀。

呿，真是的！

大家都這樣坐享其成地等著別人做好事，看到別人解決問題，自己的良心也因此寬慰紓解，這是哪門子的道理？

但心裡有一個微弱的聲音正說著，這種心情我懂。

因為我總是悠哉地吹著冷氣，躺在沙發上，喝著咖啡，吃著甜點，看著動物星球頻道在播放世界各地志工解救動物的辛苦過程，內心開心大喊：讚！加油！世界上就是需要你們這些人，我為你們祝福，世界會因為你們而更美好。

但我沒有說出口的是：不要找我，那太累了，哇某災調（我沒辦法），我還是想享受人生就好，你們好好加油，我精神永遠與你們同在。

如今這事落到自己頭上，只有報應兩個字可以形容，

我只好先將狗狗帶去辦公室準備上班。

我一把牠抱上車，牠立刻不停磨蹭，我當下覺得牠好可愛好親人（後來才知道根本不是那一回事，是因為牠有皮膚病，全身癢得不得了）。

而且我覺得牠胖得好可愛，圓圓地像一顆球，簡直不像一般瘦弱的流浪狗（後來

才知道牠是因為嚴重肝炎全身水腫，應該三公斤的體重竟高達六公斤）。

又覺得牠把舌頭吐出來好有型（後來才知道因為牠牙齒全掉光了，舌頭無門牙可擋，就滑出來了）。

我將牠放在提籃裡，因為覺得牠長得和嘟嘟很像（廢話，都是博美嘛），在愛屋及烏的心理下，我也愛上了牠，因此相信牠被認養的機率一定很高。

我還將牠放在提籃裡給同事看，一邊興奮地說：「你們看，這是我撿到的白色博美，肥肥胖胖的好可愛！眼睛憨憨，半睜半閉的，還會一直摩蹭人，還會吐舌頭呢！」但同事們都對我客氣微笑，就立刻轉身去做別的事。

我以為他們對小型狗沒興趣。後來我確定要收養牠之後，同事才如釋重負地跟我說，他們見到狗狗時，看到牠眼神迷茫，舌頭外吐，他們以為那是一隻智障狗，內心不禁深深同情我竟然撿到一隻智障狗，怎麼可能有人會領養？

難怪那時大家的態度如此謹慎有禮，原來是悲憐我。

當天帶牠去草地上散步時，發現牠走三步就開始喘，下班後立刻帶牠去醫院檢查。醫生晴天霹靂地公布牠的病狀後，我頹喪不已，便問：「醫生，那牠大概幾歲？」

看著狗狗無「齒」的模樣，醫生瞪大眼睛跟我說：「牠非常、非常、非常老了。」

醫生大概覺得牠活不了幾個月了，我卻還天真地想要認養牠。

事實證明，在愛的照顧下，一切都可以轉變！

被認定活不到幾個月的狗兒，後來在我家度過將近十年的歲月。

狗狗就這樣在醫院接受治療並結紮，我將牠從醫院抱回來，帶著大包小包的藥回家，驚喜地發現，牠和嘟嘟真的是命中註定的天生絕配！

因為嘟嘟一看到牠，立刻發揮蒼蠅男的本色，死命地追著跑。

牠憤怒回頭，一口狠狠咬住嘟嘟。

我卻在一旁喝咖啡，翹腳捻鬚，完全不擔

心。因為牠沒有牙齒嘛！

那哪叫咬？叫做含！所以牠們怎麼追都沒關係。

嘟嘟，老天總算垂憐你，賜給你天作之合的伴侶，媽媽真是太欣慰了！

外甥女小君一看到狗狗，立刻脫口而出：「叫牠多多吧！」

真的覺得幫狗狗命名是一件很不可思議的事。

有時你只是注視著狗兒，一個名字便會突然在你心中浮現，就像一種神奇感應，你就是知道，這就是這隻狗的名字。

當名字取得對時，狗狗的命就特別順遂。

在我一聽到多多這個名字時，我就知道狗狗的名字取對了。

從此之後，多多和嘟嘟每天都上演著親暱戲碼，一隻死纏著對方，而另一隻只能低聲怒吼卻無計可施。

但又懶又胖的多多，大部分都任嘟嘟在身上摩蹭，只有在很煩的時候，才會翻身讓嘟嘟無法趁虛而入，牠則繼續睡大頭覺。多多和嘟嘟就這樣過著幸福快樂的日子！

多多皮膚狀況不佳，常常發癢，牠每天必做的例行公事，就是四肢攤平躺在床上，用力扭動四肢，並發出恐龍般的怒吼聲，很像一隻北極熊躺在冰上對空打拳。

有一次，我的好友 Josy 來我家，她躺在我的床上看書時，多多便躺在她身邊開始做例行公事。一向鬼靈精怪的好友，也學牠四肢攤平扭動四肢，並發出酷斯拉般的怒吼聲。多多當場被嚇得目瞪口呆，愣愣地躺在 Josy 旁邊，瞪著她而且完全不敢動彈，我在一旁早已經笑到滾到床下。

到現在我還是忘不了，多多那吐著舌頭，瞪大眼睛，瞠目結舌地望著 Josy 的模樣，可惜那時沒有 YouTube，不然我一定會將影片上傳。

還有一次，多多因為小病去看醫生，醫生照往例將溫度計插進多多的屁屁裡（每次看到醫生那粗魯的動作，我都會忍不住的夾緊自己的屁股），之後我便和醫生忘情地開始聊天。

看完醫生拿了藥袋後，我就和多多回家。隔天一大早，起來散步的爸爸說：

「喂，今天早上多多的屁股掉出一支溫度計。」

頓時猶如五雷轟頂。

天呀！醫生和我忘了將多多的溫度計拿出來，

多多可憐的小菊花就這樣夾著溫度計睡了一個晚上，

牠又不會說話，沒辦法抗議，

雖然很過分，但我每次想到還是會忍不住笑出來。

這些美好的點點滴滴，都在我心中的 YouTube 珍貴儲存，

只要一想到，我就會在心中搜尋並播放，然後不自覺地開心微笑。

這些美好的紀錄，精彩充實了我的人生。

時光稍縱即逝，我情願在人生中一再播放這些快樂記憶，用歡笑趕走灰暗的色彩，讓自己和狗狗們的天空充滿晴朗又明亮的熱力之光！

第十部 Play 新天堂樂園

（Nuovo cinema Paradiso）

對狗狗來說，究竟什麼才是天堂般的生活？

永遠吃不完的骨頭嗎？

專屬於自己的軟軟沙發嗎？

還是，願意讓你跳上床，和你同床共枕的親密主人？

不！有比這個更好的，那就是……

如果狗狗在先進國家遇到了好主人（特別強調，是好主人喔），以上這些待遇狗狗都享受得到，還有機會可以在海灘上盡情伸展牠們毛茸茸的四肢，揮灑青春熱力。在耀眼的金色陽光下，狗狗閃亮的毛髮隨風幸福地飛揚。

而且先進國家如美國、德國有許多海灘、森林、餐廳，都對狗狗展現友好的態度，所以狗兒們可以很有尊嚴地在這些地點盡情享樂。

狗狗甚至可以跟著主人參加萬聖節活動，打扮成妖怪隨著小朋友到處要糖。

主人也願意砸大錢讓狗狗去上學。

加上溫帶氣候比較乾燥，很少會有狗兒罹患皮膚病。

而且說不定主人家的後院就是森林、湖泊，狗狗能每天和主人散步在大自然裡，傾聽風的聲音，聞著青草及樹木散發的芬多精，還能追逐可愛的小動物。

是的，那就是狗狗的新天堂樂園！

但在到達天堂之前，總是無可避免的必須先走一遭地獄，凡事都是比較出來的嘛！沒經歷過地獄，怎麼會知道天堂的好？

所謂的「地獄」，就是在狗兒被撿到，但尚未被認養之時。

狗狗本身的悲慘及苦命就不用多說，大家在新聞上常常一再看見。

但很少人知道，撿到他們的人一樣要去地獄走一遭。不但花費金錢、心力，承受被家人罵翻的壓力，還要隨時提心吊膽鄰居會去舉發你臭味或噪音汙染，更要擔心萬一沒人領養牠的後果，這些都要等到狗狗認養出去才會解脫。

說起這些認養的辛酸史，真是一言難盡呀！

原本以為我只要專心養嘟嘟就好，沒想到，命運硬是安排許多小生命，闖入了我和嘟嘟的生命中。

人家是ESPCA——動物救援組織，我則被迫成為另一種動物救援組織ESCAPE——想逃啦！

在這之中，有淚、有笑、有憤怒、焦慮、憂傷及感傷。

我甚至成為大家口中的「流浪動物之家」總部，而朋友們因為經常被我硬塞狗狗，都被迫成為流浪動

物之家的分部。

會與流浪動物結緣，就是因為小欣和東東的事，這道無法癒合的傷口，讓我一路從尋找籤詩的解答，通靈師父的答案，甚至遠赴印度奧修社區靈修，試圖找到人生的答案，理解其中到底是哪裡出了錯？為什麼我要承受和動物之間牽扯不斷的因緣？

我沒有辦法控制自己，只要一看到流浪的小貓小狗，我就會心如刀割。不救牠們，我內心便無法原諒自己。

但結果就是Never Ending Story。

我經常哀怨別人周末在百貨公司吹冷氣或在日月潭遊山玩水，而我卻在烈日當空的認養會場，極力推銷那些那些賣相不佳的狗。

如果遇到下雨天就擔憂的不得了，望著「一暝大一寸」的幼犬，內心不禁高唱「期待你不要長大」。

晴天時更得趕緊出動，在會場忙碌穿梭，幫動物把屎把尿。

處理穢物還算小事，更可怕的是壓在肩上的責任感。

一邊倒狗屎一邊害怕焦慮，萬一今天沒有人認養的話該怎麼辦？

看著時間一點一滴流逝，望著熙來攘往的人群，拼命為自己撿到的狗尋找目標。

一旦鎖定目標，看到好的主人，就把狗帶出來耍耍一些貧乏的特技，如：握手、坐下、吃東西的可愛相。

內心巴望著這些貧乏的伎倆可以引誘到好主人，將狗狗順利帶回溫暖的家。

但只要瞄到看起來怪怪的人，或年輕、輕浮、不負責任的人，亦或是因為寵溺小孩而未認真思考，只因小孩吵著要就打算隨便拎一隻寵物堵住孩子嘴巴的怪獸家長，我態度就會一百八十度轉變。

當以上這些人朝著我們正前方而來時，我們立刻如臨大敵，低頭玩小東西，希望藉此降低自己的存在感，使對方不要看我們的狗。

萬一不幸他們看上我們的狗，少不得又是一番技巧性的推託，或是貶抑自己的狗，數落牠們的無用，以求對方打退堂鼓。

那種種的煎熬與矛盾，就像是一直在等待最後判決的犯人。

但等到幸運地把狗狗送出去，而且也是千挑萬選的好主人時，卻又害怕自己會眼睛被蛤仔肉糊住，錯認壞蛋為好人，親手斷送動物們的幸福。

另一方面，即使我十分有自信自己千挑萬選的一定是好主人，卻還是會煩惱，擔心即使我已經千交代萬交代，會不會仍然發生主人哪天聊天時心不在焉，不小心讓狗狗偷跑出去的慘劇。

雖然我已經在牠們身上植入晶片，也都在項圈上繡了我的電話號碼（我不繡認養人的電話，因為我害怕若認養人把狗弄丟會不敢告訴我。而且萬一有不負責任的認養人故意將狗遺棄，即使好心人撿到狗，通知認養人，他們也可能不會回應）。

我還是擔心因為狗狗帶著項圈，很多人會以為牠們是有人養的，只是出來散步，因此不會有人注意牠們是不是走失，或是因為太害怕所以躲了起來，那就找不回來了。

這種種的憂慮，在外人眼中根本就是近乎病態兼神經質！

但我們無法控制自己，也沒辦法冷靜不焦慮，

因為每一隻在我們手中的動物，就好像自己的孩子，花了那麼多心力、時間及金錢援救牠們，當然會一直掛在心上。

其實如果可以的話，我們最想要的是將這些寶貝狗狗留在身邊照顧。

但是我們心裡也很清楚，自己經濟能力及時間都有限，如果每一隻都留在身邊，我們的生活品質將低落得一蹋糊塗，總有一天將面臨山窮水盡的困境；

再來，我們照顧的動物越多，牠們得到的照顧和愛就越少，反而使大家陷入不幸福的情形。所以經過審慎理智的思考，忍痛一定要將牠們送養。

我們唯一能做的，就是盡我們最大的努力，為牠們找到適合的主人。

雖然我們盡了最大的努力，其他的完全掌握在命運手中，

但還是很害怕拿起電話做追蹤的時刻。

當我們聽到動物們過得很好時，真是開心極了！

但當主人開始訴說牠們的問題時，我們心裡又開始七上八下的擔心：你該不會想把狗退還給我吧？

如果是小型犬還好，即使退回來，小型犬不會再長大，都還有機會被認養；

但如果是混種狗，那就完蛋了！

因為牠們被認養時，還是小狗，可是當認養人養了一段時間後，牠們已經長大，不再討喜可愛。

就是那一句話：小時了了，大未必佳。（這句話真是是四海通用，古今皆可，人畜共通呀！）

如果認養人將動物退還，那我們該怎麼辦？已經長大的狗是沒有什麼被認養的機會的，結局往往只會悲慘地送至狗場，一輩子像坐牢似的，有飯吃但卻毫無自由和生活品質苟活著。

那時都會覺得，不如不要救牠們，讓牠們早日解脫，說不定不會活得如此悲慘，到最後還是覺得都是自己的錯。

但即使知道動物一切安好，也都得到了滿滿的幸福，當我們歡天喜地掛下電話的那一刻，又是沒來由的憂鬱襲來，內心不斷思索著：

萬一，認養的情侶分手呢？

萬一，這對夫妻生孩子時，會不會因為新生兒的到來把狗送走？

甚至誇張的關心起人家的婚姻狀態，擔心夫妻萬一離婚，狗狗該如何是好？

唉！怎麼樣都無法放下，

久了之後，憂鬱不斷的累積，心中越來越苦悶。

多年以後，我才體悟到，我的痛苦來自於無法掌控及控制所謂「命運」這個東西。

那就像坐在一艘船上，希望河水按照希望的方向流動，萬一不行的話，就笨拙地抓起槳拼命逆流而上，不但筋疲力盡，還可能慘遭滅頂。

我一直希望能給動物們最好的一切，

但什麼才是最好？

每個人的生命課題不同，我不是上帝，無法決定命運。

經歷那麼多和動物的悲歡離合之後，我才明白，用圓融的態度面對人生，就是能夠靜靜地接受命運安排。

不嘶吼；

不憤怒；

不抵抗；

自然平靜。

套句現在很流行的話來說，就是對生命 say yes！

最重要的是：

自己必須擁有真實的快樂，所拯救的動物才會快樂！如果我背負著無奈痛苦去救牠們，到最後不但壓垮自己，牠們往往也沒有好的結果。

人一定要先愛自己，才有能力去愛別人和萬物。

所謂的快樂，是真實的快樂。

真實的快樂，不是以種種外在的享樂活動逃避或痲痹自己，而是平靜，圓融，沒有任何仇恨與指責的活在每一刻。

幾經波折才有這一番體悟，人生往往就是需要走過才能明白。

地獄走完一遭，終於瞥見微微的曙光，接著就要告訴各位，幾隻幸運被帶到國外的動物獲得幸福的故事。

送到美國是不是恰當的安排其實見仁見智，但很多都是在臺灣沒人願意領養，太大、太老、殘障，或是試了很久都沒遇到主人，才會送去國外。

在辦理這些事情時，我深深感覺到，有一些事或許早已安排好，那些狗狗注定要和牠的主人相遇，我們只是一座橋，上帝是藉著我們的手完成任務。

其實不管在國內或國外，只要有主人的愛，對狗狗來說，那就是天堂。

不管主人是外貌醜陋、四肢殘缺、頭腦混沌、宅男腐女、渾身體臭、打嗝放屁，只要你愛

牠，以上狗狗都不會計較。

牠會用自己的生命愛你，絕不會變心，也會深情注視著你直到牠死前一刻。即使死後，我仍相信狗狗會在天上守護著主人。

樂園，就在彼此的愛中，動物給了我們這麼多無條件的愛，或許才是上帝給人類的天堂。

如果人能和萬物和諧相處，又何必外尋，地球就是天堂了。

可惜的是，因為世界性的經濟不景氣，很難再將狗兒送至美國。不過我們還是認為，根本之道在於教育，人們必須徹底明白動物不是玩具，徹底體認尊重生命的可貴，並擔負起教養動物的責任。甘地曾說，要觀察一個國家是否進步，只要觀察他們如何對待動物就能明白。

我相信，假以時日，臺灣會成為甘地口中美好的國度，在對待動物上會有相當大的進步，雖然緩慢，但請拭目以待。

第十一部 Play 情書

(Love Lettet)

二〇〇五年九月一個星期六的清晨，學校警衛打電話給我，告訴我昨天晚上有一隻狗被撞，他以為狗死了，想說明天再處理，隔天一早他發現狗狗竟然還活著，躺在地上不斷抽搐。

那天是星期六，不用上班，我便打電話請離學校最近的動物醫院醫生先來處理。他幫狗兒打了一針，但牠卻完全爬不起來。

等我趕到學校一看，發現牠是一隻母狗，長的有點像米格魯，不過是黑白混色，全身爬滿壁蝨。

我初步判斷這狗狗可能癱瘓了，不過要照過X光後才能確認。

我只好將狗狗載到我們常去的動物醫院，照過X光後，醫生確認是頸椎骨折造成癱瘓，聽到結果，心都涼了半截。

我開始衡量，狗狗在這種情況下能夠康復嗎？

因為我們已經無法再收容狗狗，如果牠好了，我們也必須把牠放回原處；但如果牠無法康復，那就不能把牠放養。

正在苦惱之際，醫生建議我將狗兒載至另一間醫院外科部，做更詳細的檢查之後再評估。

星期一，我特地請一天假，將狗兒載至醫院外科部。

結果好康的事降臨，

我發現看診的外科醫生超帥！

小姑獨處的我，心想真是卯死了！

應該是很嚴肅在做好事，但人就是會這樣，在緊急關頭還是會有一些不正經的想法像春天的花瓣飄過心中。

我開始編織幻想，說不定在長期治療狗狗的過程中，會發展出像偶像劇般感人肺腑的愛情故事：一個高帥的獸醫，和一個極具愛心的少女，救了一隻又一隻的動物，在這當中交織出許多感人肺腑的故事……

就在我身陷玫瑰色的無邊幻想，而且癡呆地張嘴凝視著醫生酷帥的診療身影時，他卻告訴我一個極度震驚卻令人懷疑的結果：

他說狗狗是耳朵發炎，或是傷到內耳，造成不平衡，才無法走路，只要將耳朵清乾淨就可以了。

我瞠目結舌聽著連我都不相信的診療報告，只看著他拼命清著狗狗的內耳，最後愣愣地付了錢，抱著一堆耳藥，帶著耳朵清得很乾淨卻仍是癱瘓的狗回去。

我再回到經常去的那間動物醫院報告診治結果之後，醫生為之氣結，認為那個帥哥醫生實在太兩光了！（人不可貌相，醫學界亦然。）

後來醫師決定給牠兩個月的時間，若能好就開始找尋主人；

若牠沒痊癒，就讓牠安樂死，以解脫牠的痛苦。

我和護士將狗狗抱到醫院的籠子裡。
我撫摸著牠，在心中對牠說：

如果你願意繼續待在這個世界，
你一定要好起來，
我會盡我所能地幫你。
可是如果你覺得活在這個世界很痛苦，
而且也不想過這麼沒有品質的生活，
那我也會幫你毫無痛苦地離開。

這兩個月中，我和阿瑛經常去探視牠。
剛開始狀況真的很差，身體扭曲地癱在籠子裡，還必須一匙一匙地餵飼料及水。
護士很有愛心與耐心地照顧牠，還將牠取名為 Yoyo。
我們滿腹心酸地看著 Yoyo 哀怨的眼神，好幾次想哀求醫生乾脆讓牠解脫，幸好

醫生殘酷地拒絕我們這些心軟沒遠見的傢伙，因為在經歷一個月無起色的治療後，醫生思考良久，決定使出殺手鐧！

他說這是最後一招了，如果這招都不行那就讓牠走吧。

醫生為 Yoyo 打了三天降腦壓的藥後，奇蹟真的出現了！

首先，Yoyo 會坐在籠子裡等我們來看牠；

後來，牠會站在籠子裡開心地等我們。

護士們將牠放出籠子，讓牠嘗試走路。

當我們再去看 Yoyo 時，牠已經會跑會跳，

每天開心地搖著尾巴，和醫院裡的狗兒們開心嬉鬧。

這當中，女超人阿瑛發揮了驚人的攝影長才，為牠拍了美美的照片寄給美國的米格魯救援組織（因為牠長得很像米格魯）。

經過一番協商及送件後，阿瑛成功地將 Yoyo 送往美國，讓一位對動物非常細心溫柔，善良的美國女性收養。

我還記得要送 Yoyo 上飛機的那一天，醫師和醫師娘他們還特地去觀音廟為 Yoyo 祈平安符掛在牠的脖子上，醫師娘紅了眼眶，一直輕撫著 Yoyo。

我內心萬分感激醫師和醫師娘這兩個月如此辛苦地照顧 Yoyo，我還要感謝只在網路上看到文章就願意為我們帶狗搭飛機到美國的善心女士。

我更要感謝同事願意捐獻錢來幫助 Yoyo，因為有了大家滿滿的愛，一隻原本可能因癱瘓而餓死在路邊的狗兒，如今在美國展開了新生活！

兩年後，我們收到了一封令人既感動又開心的 Love Letter，

Yoyo，恭喜你！你終於找到了屬於自己的新天堂樂園，

願你在溫暖的家中，盡情地愛與被愛吧！

Hi Hz:

My name is Lanna and I adopted Yo Yo Ma a year and a half ago.

我是拉娜，我在一年半前領養了 Yoyo。

I wanted to thank you so much for rescuing her.

我真的很感謝你救了牠！

She is such a sweet dog!

牠真是一隻好狗！

We are grateful to have her.

我們很開心能擁有牠。

We love her so much!

我們好愛牠。

I recently found an email with your contact information on it and I thought you might like to know how she is.

我最近才發現你的信箱，所以我想你可能想知道牠過得如何。

She is living on the northern California coast.

牠現在住在北加州海岸邊。

She has a big yard and another dog to play with.

牠有一個大後院和一隻一起玩的狗同伴。

They love each other and sleep together at night and play all day.

牠們感情很好而且每天睡和玩在一起。

She is very fit, and goes running next to the ocean every week.

牠的身材標準，而且每周都跑去海邊玩。

She is very happy and healthy.

牠很快樂而且很健康。

She loves to play with toys, and sometimes she shreds them ;)

牠喜歡玩玩具，而且會撕碎它們。

She runs and plays so much that it is hard to imagine that she was ever in an accident.

牠如此能跑能玩實在很難想像曾經經歷那麼大的意外事故。

Anyway, I thought you might like to see some pictures of her.

總之，我想你可能想看一下牠的照片。

Thank you!

謝謝你！

My best,

誠摯祝福，

Lanna

拉娜

第十二部 Play 馬利與我

（Marley & Me）

我應該算是個標準優良的好駕駛，幾乎沒接過罰單。

而我的好友同事小燕，則有多次和警察交朋友的慘痛經驗。

有一天她一大早開車趕著上班訓學生，結果闖紅燈被警察攔下來，

警察劈頭就罵：「開那麼快，還闖紅燈，到底是在趕什麼？」

小燕以她那名聞全校的娃娃音（可媲美林志玲）不好意思地說：「警察先生，不好意思，我趕著上班啦！」

「上什麼班要那麼趕？會出人命耶！」

小燕低著頭，愧疚著發出嗲嗲的聲音說：「我不好意思說。」

警察突然臉色正經起來，認真地對她說：「小姐，職業是不分貴賤的！」

小燕頭更低，嬌羞地說：「可是我真的不好意思說……」

「妳不要這樣想，人有時是不得已的，到底是什麼工作呀？」

她慢慢地說：「我是老師啦……」

警察大叫：「妳當老師還闖紅燈！」

「所以我說我不好意思說嘛！」（不是早跟你說了嗎？）

不同於小燕的遭遇，我只有一次，因為不知道家附近新開的路上剛裝好測速照相機，而且非常不人道地將時速限制在60公里。（附近根本沒有車，路又那麼寬，實在不懂為什麼要用娃娃車的速度開？）

一天晚上我開車經過時，開心地跟著周杰倫「以

父之名」的音樂唱著。當我高亢激昂地歌頌教堂聖樂那一段時，
瞬間，
我全身沐浴在一片神聖的白光之內……
就像教父決定在教堂懺悔時高舉雙手，對著上帝禱告的景象，
只差沒高歌「哈利路亞」，
同時也聽到「咖達」一聲，
我才知道我被照相了！

除了這個經驗外，我在上班途中，絕對不會東張西望，總是直直看向前方，
因為……
我超害怕會在路上看到需要救援的動物！
萬一看到，又趕著要上班，
那該如何才是好？
可是見死不救又會愧疚一輩子，

因此只能發揮鴕鳥心態——眼不見為淨！

但是人們總說，你越害怕遇到，往往越是會遇到，這句話真的一點都沒錯。

某一天上班途中，我竟然看到兩隻拉拉（拉不拉多）躺在路中間。

自從「再見了！可魯」這一部電影造成轟動後，臺灣出現許多拉不拉多流浪狗。事實上，真實的拉拉根本不像電影裡的可魯那麼乖巧聽話，「馬利與我」中的馬利才是真實的拉拉樣貌，既秀逗又活力充沛，難以控制。拉拉是恐怖的大型動物，簡直可以用「雷霆戰狗」四個字來形容，牠們活力驚人，食量超大，破壞力一流！如果沒有寬廣的空間和正確的馴狗觀念，會被牠們弄得筋疲力竭。

要知道同樣的動作，出現在大型犬和小型犬的身上差別很大，

小型犬優雅的提起前肢，抓著你的腳撒嬌，跟你討東西吃時，模樣真的很可愛；可是同樣的動作，出現在大型犬身上，則會讓你頓時傾倒、後腦碰撞，搞不好還會折斷頸椎。

小型犬奔跑時，主人握牽著牽繩跟在牠後面，在陽光下，牠的毛髮隨風飄揚，你的秀髮也隨之飄逸，形成一幅溫馨美好的畫面。

但是如果大型犬奔跑，你就得無力地跟在後面，就像和大卡車拉鋸般，旁人只會看見一隻死命拉長脖子、拼命往前衝，還低低呼吼的野獸，拖著一個在後面一直用腳底煞車，但仍一路被拖著往前，一邊氣急敗壞咒罵怒吼的主人，遠遠望去，可以看見人狗幾乎形成一直線的超現代藝術畫面。

小型犬就算如廁習慣沒教好，那袖珍的黃金和一小攤水算什麼？主人只要輕聲細語唸唸牠們，優雅抽出衛生

紙，一邊對著故作無辜狀的狗兒說：「下次不要這樣喔！」，一切還算輕鬆。

但大型犬若如廁習慣沒教好，牠們驚人的糞量和尿災，會讓你一進門就慘遭滑鐵盧，或全家散發一股難以消除的異味。（即使到花園也一樣，我必須每天使用大量稀釋的竹酢液才能消除臭味！）

所以，有些吃過大型犬的苦頭、又不負責任的主人，為求解脫，經常將狗兒丟到路邊或收容所一走了之。

在可魯電影上映後，臺灣同時出現拉拉和黃金獵犬的棄養風潮，還有另一悽慘的例子，就是電影「極地長征」和「冰狗任務」之後，出現的哈士奇棄養潮；

在美國聽說則是「一〇一忠狗」之後出現大麥町棄養潮。

因此我們這些愛狗人士，最怕出現品種狗拍的電影，不是希望這部電影票房奇慘，要不就是恨不得所有電影都是用米克斯（Mix：混種犬）拍攝，才不會造成店家一窩蜂繁殖品種犬（可怕的是，臺灣商人為了賺錢，都讓狗兒近親繁殖，結果牠們一出生就有一堆遺傳疾病），出現民眾拼命買狗又拼命丟狗的全民運動。

在此痛心呼籲大家，請不要相信電影好嗎？內容和現實差很多！

就像宅男們，不要看了「電車男」或「一〇一次求婚」，就相信只要繼續等待，總有一天可以遇見會拉大提琴的古典美女，或拿著愛馬仕包的超優氣質女，嬌羞地對你點頭說：「我願意。」

美女也是會打嗝放屁的，你有看到這些現實面嗎？看到了還會抱著這種幻想嗎？最重要的是，在做夢之前先拿鏡子照照自己，

電影當做消遣就好，別太認真。

偏偏狗狗電影就是會感動許多人，而且誤以為自己會養到電影裡的神犬，

在臺灣又可以很輕易地買到狗，很多人便立刻砸錢「訂做一個牠」

發現現實和電影不同後，不負責任的主人就讓悲劇發生了……。

因此當我看到那兩隻拉拉時，我真的很難過。

由於怕牠們會被車撞，所以我趕緊停車，將一隻看似被車撞而跛腳的拉拉先抱進車裡，結果另一隻竟跟著跳進來，

後座頓時被擠爆。

我一邊開車一邊思索下一步該如何行動。

一到學校，先將牠們藏在學校廁所，等到空暇時間才拉著「萬事通」阿瑛過來看。

阿瑛看到狗之後，臉色發白，

她用一副「妳完蛋了，而且我知道妳打算拖我下水！」的眼神瞪著我。

原諒我吧！

阿瑛，妳是我們的神呀！我們不能沒有妳，天神萬歲萬萬歲！從此我們兩人就撩落去了。

第一步，結紮、打預防針、驅蟲和做四合一檢驗。

當我去結帳時差點昏倒，大型犬的費用果然不是蓋的，幾乎要一萬多！

不過我認了，錢能解決的問題都是小事，

大事是——這兩隻一公一母的巨無霸要住哪裡？

母狗問題較大，不但跛腳，聲帶被切，還有一隻眼睛似乎有白內障，

公狗非常漂亮，是一隻俊俏的年輕拉拉。

因此我們在網路上徵求中途，

公狗順利找到，而母狗則先住醫院。

我和阿瑛商量後，認為拉拉因為生產過剩，已造成棄養潮，在臺灣很難被領養，還是問問國外是否有機會吧！

但國外的認養機構要求必須了解及詳細說明狗狗習性及居家習慣和行為，不能直接將狗送出去，萬一牠出現攻擊人的行為就必須安樂死，那絕不是我們所樂見，因此必須將兩隻狗狗接回來家裡教養，而我必需擔起照顧牠們的責任。

不幸的是，要接狗狗回來時，公狗竟得了犬瘟。

那是種因沒有打預防針而得到的傳染病。（牠可能在我幫牠打預防針前就得了病。）

犬瘟無藥可醫，只能給予積極療法，餵食營養的肉食增加體力。而且即使採取積極療法，也不保證能夠存活；即使存活，也會出現不停抖動的神經症狀後遺症，而且這種疾病傳染率很高，只要沒打過預防針的狗都有被傳染的危險。

知道這晴天霹靂的消息之後，我和阿瑛如臨大敵，害怕因為摸到牠，接觸到病毒，又傳染給自家附近的流浪狗。

於是我們全副武裝，穿上雨衣，戴上口罩，拉起手套，將兩隻拉拉接回來。

然後拿出藥箱，開始混合預防針針劑，將母拉拉再打一劑預防針，免得她也被傳染。

在大熱天穿著這種裝扮，頓時汗如雨下，還出現自己是聯合國防疫部隊的幻覺。

寫到這裡，就讓我想起曾在學校的殘障廁所中偷養一隻嚴重皮膚病的流浪狗。

醫生說每三天要打一次皮膚病的針，因此我都趁著下班學校人變少時，穿著雨衣，拿著針頭偷偷溜進廁所，幫牠打針，餵牠吃飯，還得清理大小便（還好牠很乖，從不亂叫，不然早就ㄅㄧˋㄚ康了！）。

後來將狗狗醫好送出去後，同事才偷偷跟我說，那陣子有人察覺我形跡可疑，他們還以為我在廁所施打毒品，

我當場瞠目結舌，這誤會可大了！

當我和阿瑛完成任務後，接著才是重頭戲。

每天要上班的我，該如何照顧家裡一

堆老弱殘病的狗外加這兩隻大拉拉？

先幫牠們取名字吧！

母拉拉我取名為 Yaya；

公拉拉很帥，而我覺得布萊德彼特也很帥，因此我將牠取名為布萊德彼特。

讀者們，名字真的不能亂取，

這名字一取下去沒多久，公拉拉右臉遭細菌感染而潰爛，我花了好大一番功夫才將牠治好。

痛定思痛之後，我將牠改名為我摯愛偶像的名字 Reno（法國演員尚雷諾），之後便一帆風順。

但兩隻拉拉在家真的是一件很可怕的事，

每天家裡就像歷經第二次世界大戰、或被核子彈攻擊過一樣。

垃圾桶被踢翻、馬桶蓋被掀開、滿地溼答答、有時牠們還會踩到自己的黃金，更可怕的是牠們的屎尿量十分驚人，我曾將牠們的便便丟入馬桶中，竟嚴重堵塞。

而且牠們喝水時都一頭栽進水碗，一心急著喝水，一心又急著看主人動向，胡亂喝個幾口後，立刻抬起頭撲向人。

只見牠們開心奔跑，但下巴不停滴下口水和水的混合液，活像孫悟空水簾洞的入口滴答作響，然後地上便是一片水鄉澤國，高美濕地美景瞬間再現家中。

更可怕得是萬一那時牠們又突然想起什麼，開心地用力甩甩頭和耳朵，你見苗頭不對，正要用手擋住自己的臉時，已經來不及了，你已慘遭可怕的唾液洪災攻擊。

我曾經突發奇想，燕窩那麼值錢，說穿了只不過是燕子的口水；

大型犬的口水那麼多，如果科學家能夠在狗的口水中發現可以養顏美容的成分……

那大型犬的主人不就賺翻了？

每天都有一大堆「狗窩」可以收集，

一天應該可以製造出將近十罐「狗窩」，豈不是躺著數鈔票？太爽了！

偉大的科學家們，

我們崇拜您更敬愛您，加油吧，

收養流浪狗主人的未來就拜託你們了！

在照顧拉拉們的時候，正好遇到嘟嘟和多多生重病，還有一隻因為太老而沒被認養的瑪爾濟斯——Mickey，因此每天出門前都是大挑戰。

我必須早起為嘟嘟打理尿布、餵藥、餵食，還要趕緊帶兩隻拉拉出去散步大小便，餵牠們吃飯喝水。

如果我不想回來時看到家裡成為資源回收場，便要先將垃圾桶蓋子蓋好，所有東西全部收好，

還要記得將馬桶蓋蓋好，並用重物壓著，不然牠們會很開心地喝著馬桶的水，再熱情地舔著回家後毫不知情的主人。

我還要在很容易有分離焦慮的拉拉沒注意我時，趕快發動隱身藏匿術逃出家門，要是直接在牠們面前走出大門，牠們會立刻演奏出天搖地動的暴龍交響曲，在你拼命逃離侏儸紀公園之後，仍然能聽到原始森林內傳來的震憾的怒吼聲。

但教育工作偏偏又需要很早上班，因此我覺得每天都像是在打仗，即使暫時逃到工作環境，暫時可以逃避家裡的一切，在上班時卻仍是經常提心吊膽，擔憂不時襲上心頭，不知道回家會看到什麼樣的驚喜？

如果回到家看到「明天過後」的景象，就很想罵髒話，但還是得拖著疲憊的身軀一邊咒罵一邊收拾，不過牠們還會在旁邊繼續製造新的混亂。（像不像養著兩個調皮搗蛋小孩的單親媽媽心聲？）

最可怕的是那隻母拉拉 Yaya，牠永遠學不會在戶外上廁所，不管我帶牠出去多少次，牠一回家還是立刻在地上撒一泡。

在嘟嘟和多多都生病的情形下還要帶這兩隻，到最後我真的身心俱疲，處在隨時會爆發的邊緣。

有一天我回家時，一開門就聞到家裡散發出的恐怖惡臭，兩隻拉拉就這樣踩著屎尿，沾滿全身，家具也全部沾滿了穢物，地上東西全被打翻，杯盤狼藉。

剛好當天處理學生問題一整天，我早已筋疲力竭，看到此景象的我頓時崩潰。

我衝過去，抓著牠們的頸圈，狠狠地用力打牠們，並且痛哭失聲：「為什麼就是學不會？為什麼只會搞破壞？你們到底想怎樣？」

牠們望著我歇斯底里的怒吼痛哭，卻靜靜地承受我如雨般落下的打罵，睜著水汪汪骨碌碌的眼睛，無辜地望著我。

我哭了一陣子，抱頭蹲在角落痛哭。

為什麼？

為什麼我要救牠們？

我好後悔！

我這樣連多多和嘟嘟都沒有辦法好好照顧。

我還這樣打牠們，
我什麼都做不好，
現在該怎麼辦？

即使我這樣痛打拉拉們，牠們仍慢慢靠近我，輕輕地嗅聞著我的頭，然後輕輕舔著我的手背，

我抱著牠們啜泣哽咽：「對不起，對不起，請你們原諒我！」

結果人狗抱成一團痛哭流涕。

哭完後仍須面對現實，在我整理完一切混亂後，我知道必須做出決定。

我必須先照顧好嘟嘟和多多，因此我最多只能再照顧一隻拉拉，

我決定留下公拉拉 Reno。

因此我將母拉拉 Yaya 先送至朋友訓練師的地方，糾正牠的行為，但訓練師費用並不便宜，因此過一陣子又送至另一個朋友的工廠。

在我決定送牠到工廠時，內心充滿了罪惡感，因為嘟嘟和多多不知何時才能恢復健康，再加上 Reno 的認養遙遙無期，我不知道何時才能再去接 Yaya？

等待我的，是一條不知盡頭的漫漫長路。

我為了紓解自己的罪惡感，跟阿瑛訴說我的苦惱，並哭著跟她說：「我沒辦法救 Yaya 了，我必須先放棄牠。」

她要我自己做決定就好，

可是我需要一個人認同我，認同我這種不負責任又無情的決定。

在我載著 Yaya 前往工廠的路途中，我一直回頭跟牠說：「原諒我，請你原諒我……」

牠靜靜地窩在後座，乖巧地聽著。

將牠交給朋友後，我幾乎不敢回頭，飛也似地逃離工廠。

Yaya，原諒我吧！

緊接著，我便開始準備 Reno 的送養計畫，

但第一個挑戰出現在回家的那一剎那！

每天我一開門回家時，最恐怖的情形便會發生，

只見 Reno 鋪天蓋地，甩著唾液朝我撲來，還伴著「哈哈」的恐怖呼氣聲，然後我就立刻被撲倒在地或撞到門。

這是一件很糟糕的事，

因為拉拉若會撲人，那認養家庭若有小孩或老人，救護車會馬上拜訪你家，搞不好還會上社會新聞版面。

因此我一定要糾正牠的動作，

但試了許多方法都沒有用。

剛好《馬利與我》這本書在當時相當轟動，

任何養過拉拉的人，只要看了這一本書，大多會一掬感同身受之淚，

飼養拉拉的恐怖狀況，書裡全部活靈活現地描繪出來。

我特別注意到書中提到馬利也會撲人這件事，

而作者使用的方法是當馬利撲人時，他立刻提起右膝，用力往馬利喉嚨一頂，狗會痛得立刻停止，多次以後，拉拉就不敢撲人了。

看到這一點我如獲至寶，立刻如法炮製。

某一天一回到家打開門，我立刻擺好陣式，

「來吧，**Reno**！」我摩拳擦掌，挑釁地對牠輕蔑地反勾揮手，等著那期待的一擊，牠傻呼呼地張嘴哈氣，開心望著我，果然抬起牠的前肢，

說時遲那時快，

我立刻用力舉起右膝蓋，

2ˇ&8@%#+！~%&8！

結果呢，真的有效耶！

Reno 瞠目結舌，像看到鬼一樣嚇得後退三步，愣愣地望著我。

從此之後，每天一回家，我們兩個都要先來一場拳擊大賽，最後我終於完成我的終極目標。

兩大武林高手比劃結果，

則是由主人優雅的金雞獨立奇門獨招，巧妙制住了巨獸粗魯的餓虎撲羊奪命絕招！

主人方獲勝！

成功地壓制牠之後，我便每天便帶著 Reno 去散步玩球，強化牠的肌力以及消耗牠過人的精力。

我連要幫活潑好動的牠繫上韁繩都是一大挑戰，牠知道要出去了，就會極度興奮，我要不停地喊：「Sit! Sit!」（要送到美國嘛！當然要讓牠習慣英文指令），但喊到後來往往是一連串大吼的：「Shit! Shit!」（牠拚命亂動、撲倒我、或乾脆躺在地上打滾。）

有時候我會在週末帶牠去學校，讓牠和來學校念書的學生，開心地在校園裡一起玩球奔跑。

兩方都是急需發洩精力的野獸，碰在一起正好，我和同事們則悠哉地躺在草地上，看著一群野獸尖叫嬉鬧追逐，真是快樂得不得了！

看著人狗玩樂，心想，真實單純的快樂就是這樣吧！

此外，讓 Reno 喝水很簡單，只要讓牠搭上公園的洗手臺，打開水龍頭，牠就將嘴朝著龍頭，開始稀哩呼嚕地狼吞虎嚥了。

我和 Reno 的相處越來越順利，生活也逐漸步上軌道，重拾生活的歡樂。爸媽為了幫助我，便去買了一臺嬰兒車，並將它加以改裝。每個禮拜六、日，我和爸媽三人便帶著不良於行的多多、嘟嘟和馬爾濟斯 Mickey，將牠們三隻放在嬰兒車上，然後帶著 Reno 一起出門。

我們推著嬰兒車，裡面放著三隻老狗，後面跟著一隻拉不拉多開心地奔跑，往往吸引眾人的目光。

雖然 **Reno** 有神經症狀抖個不停，但大家還是好喜歡牠，

每個星期，我們在各地留下了許多快樂的足跡，

我發現自己越來越愛牠，

牠真的很乖，很貼心。

因為 **Reno** 有神經症狀，加上拉不拉多在臺灣很難認養，因此阿瑛一直在幫我接洽將牠送到國外的事，我也訓練牠必須習慣待在運輸籠裡（不然在飛機上十幾個小時的旅程可不是開玩笑的）。

每天我都將玩具和牛皮骨丟置籠內，讓牠慢慢喜歡並能夠待在籠內，且立刻將布蓋上，牠才會安心。

一天天延長待在籠子中的時間，牠也慢慢進步，最後終於能一整晚待在運輸籠內睡覺且不再焦慮。

有一天我起床，要把牠帶出來，卻聞到一股惡臭，

才發現牠睡覺的布沾滿糞便。

原來牠昨晚拉肚子，但一直忍住沒有吠叫，

就這樣乖巧地忍受一堆穢物，待在狹小的運輸籠內，

我看了真的好心疼。

不過在訓練的過程中我付出了一些代價：

例如我要下樓梯時，牠會很興奮地衝在前面下樓，

結果我曾被牠絆倒，從二樓一路跌到一樓，復健了好一陣子，

因此樓梯特訓也成為訓練牠的重點。

我將 Reno 和我相處的點點滴滴，以及教養牠的方式上傳至 YouTube，以供認養人點閱並做決定。

有一天，阿瑛打電話給我，表示美國有家庭願意認養 Reno，照理說我應該喜出望外的，但我的心情卻跌到谷底，

我心裡吶喊著：

我捨不得，

我不想和 Reno 分離！

事情一一進行，終於到了 Reno 要搭飛機離去的那一天。

我在浴室幫牠洗澡，喃喃對牠說：「胖哥，你要去美國了。要乖、要聽話，有家庭願意收養你，你一定會很幸福。雖然我捨不得離開你，但這才是對你最好的安排。我們可能再也不會相見，我很喜歡和你一起生活的日子，絕對不會忘記你。」

Reno 一邊抖動著下巴，一邊哀怨地望著我，到最後我是一邊哭一邊幫牠洗完澡。

那天晚上，我躺在地上緊緊抱著 Reno 和牠一起睡覺，
這是能感受到牠體溫和觸感的最後時光。

隔天去機場時，我爸媽也一起出動，
因為 Reno 有嚴重的焦慮症，若在機場和牠分別，只要看到我離開，牠就會在籠子裡一直吼叫且焦慮不安，這樣是不能搭飛機的。
因此一到機場之後，我趁牠不注意時立刻躲起來，由爸媽和阿瑛將牠放進運輸籠。
Reno 沒看到我離開，一轉頭就找不到我，牠呆頭呆腦的，搞不清楚狀況，再加上現場有好多等著搭機的狗兒，吸引了牠的注意力，因此沒有吠叫。
我一直躲在柱子後面，看著牠檢疫完畢，
走進籠子，
裝好水和食物，
籠子捆好，
資料綁上籠子，

去櫃檯秤重，

推車來了，

籠子被放上推車，

牠要被送進運輸帶，準備進飛機貨艙，

望著牠要被送進運輸帶時，我躲在柱子後淚流滿面，

不能親自跟牠說再見，只能在心裡呼喊：

Reno，

再見了，

祝你幸福！

直到牠的身影消失在我眼前。

從機場回到家之後，我趁著洗澡時放聲大哭。

人生中究竟要經歷多少次這種再也見不到彼此的離別？

好一陣子沒有 Reno 的消息，某一天，我和朋友去臺東玩，晚上在房間不經意地打開電腦，收到一封令我驚喜不已的 e-mail：

Hi:

We wanted to get in touch with you now that we have had our Reno for about a month.

我們想跟你取得聯繫，領養 Reno 大約一個月了。

Please let me tell you what a wonderful dog we think he is.

我們想讓你知道牠是一隻多麼棒的狗。

He is absolutely adorable, completely loyal, sweet tempered and likes everyone.

牠非常討人喜歡、忠誠、個性好而且很喜歡人。

And everyone we know has fallen in love with him.

每個人也都喜歡牠。

Simon and I are so happy to have Reno in our lives and feel like we are really lucky since he came with so much training and good nature.

賽門和我好高興 Reno 可以加入我們的生活，而且我們真的很幸運，牠之前做了那麼多訓練，且牠的本性又好。

Really you did a great job training loving and caring for him which has made it easier for us. So thank you.

你真的將牠訓練得很好，讓我們更容易養牠，謝謝。

We have watched your videos over and over and have showed them to all of our friends and family.

我們看了一遍又一遍你訓練牠的影片，還秀給朋友和家人看。

I promise you he is coming to a very, very loving home and will be very well cared for.

我向你保證，牠會得到一個充滿愛而且好好照顧牠的家庭。

We have waited a long time to find a dog like him and I think he is a very good fit for our family.

我們一直在等一隻像牠一樣的狗，而且牠非常適合我們家。

Again, thank you to you for everything.

再次感謝你。

We are giving him a lot of love and attention and we pretty much take him wherever we can.

我們會給牠很多的愛，不管去哪裡都會帶牠去。

He is like a shadow when we are together and likes to follow us everywhere.

牠就像影子一樣跟著我們。

He is a little bit obsessed with food, and did not like the first dog food we gave him but now we have found one that he likes better.

牠很愛吃，但不習慣之前我們給牠的狗食，不過現在好多了。

We have taken him to the vet and he is up to date with all his shots, which he mostly had before he came.

我們帶牠去獸醫院完成了該有的注射，也許在來之前你就幫牠做過了。

We are attaching a few pictures here of Reno at the beach and on a trip we took him recently to Yosemite National Park.

我們附上幾張我們帶 Reno 去優勝美地旅行時，牠在海灘的照片。

He had a great time.

牠玩得很開心。

Thank you again and rest assured Reno has found a very loving home.

再次謝謝你，而且我保證牠會得到一個充滿愛的家庭。

Sara and Simon Marin.

我淚流滿面地看完這一封信之後，
終於將心中大石放下。
我想起一部電影的對白，真實地傳達出經歷這一連串事件後我內心的感受。
電影中，父親的靈魂語重心長地對著因女友離去而心碎欲絕的兒子說：

> 我們一生都在說再見，
> 但不要讓這一切阻止你去愛。

是的。
我們一生都在說再見，
但不要因為這樣停止去愛。

Reno後記

今年我和 Reno 的家庭聯繫上，他們說 Reno 因犬瘟造成的神經症狀（下巴抖個不停），奇蹟似的已經完全消失了！

女主人生了一對雙胞胎，Reno 便盡忠地扮演起保護小主人的角色。（雖然牠有時會忌妒，有圖為證！）

當我接到來信時，眼淚不禁奪眶而出，心中一塊大石終於落了地，雖然當年那麼捨不得，但證實將他送出去的決定是對的！牠在那裡得到的關愛和照顧遠遠多於我所能給牠的。

感謝上天！這一切的安排多麼美好，我再次確信了自己只是 Reno 和真正主人相聚的管道橋梁，但我很開心能扮演這個角色，因為在這當中，我也被滿滿的宇宙之愛所填滿，被恩賜的祝福盈聚著。

第十三部 Play 返宗十萬里

（Fly Away Home）

我曾經聽過一個心靈教師跟我說：「妳不必去擔心狗狗的未來，狗狗會自己找主人。」

當時我嗤之以鼻，心想：「你是沒救援過動物才會說出如此天真的話，是我們努力幫牠才有人認養，難道坐在家裡等主人就會自己上門來？」

但當我經歷過許多狗狗認養事情後，似乎慢慢能體會這個道理。

有兩件事讓我感觸很深，第一個是便當黃的故事。

便當黃是一隻在夜市流浪的黃金獵犬混種狗，牠很愛吃便當，就被餵牠吃過便當的女學生取名為「便當黃」。

有一次阿瑛在夜市遇見牠，覺得牠賣相頗佳，決心救援牠，相信以牠那很像黃金獵犬的長相一定能找到認養人。

但便當黃似乎曾被人虐待過，對人充滿戒心與防備，完全不肯讓人接近，阿瑛只好拿鎮靜劑塞進超香的雞腿肉和狗罐頭裡，放在牠經常出沒的地點，並躲在暗處觀察，以免食物被別隻狗吃下肚。

當她親眼看見便當黃狼吞虎嚥地將美食一掃而空時，她小心翼翼地尾隨在後，以免牠昏倒在馬路上發生危險。

看到牠癱軟後，阿瑛火速用毛巾一把包住，將牠抱上車，送去動物醫院整頓一番（指的是結紮、驅蟲、驗四合一、打預防針等基本步驟）。

阿瑛把便當黃從動物醫院接回來後放在家裡照顧，但狗狗警戒的個性讓她十分頭痛，花了好大的心力才打開牠的心房，讓牠從懼怕人類變得超級黏人。

阿瑛走到哪牠就跟到哪，即使在睡覺，只要看到阿瑛一走動，牠立刻抬頭跟在她屁股後頭，因為牠知道這個人是可以全然信任的。

牠也從毛色打結黯淡的慘狀，變成一隻雄赳赳氣昂昂，毛色發亮的黃金獵犬。

養狗的人都知道，只要有愛的關注及潤澤，狗兒會瞬間從醜小鴨變天鵝，從人人閃避變成人見人愛。

便當黃越來越討喜，雖然阿瑛捨不得將牠送人，但為了長遠考量，她忍痛和美國的黃金獵犬救援組織聯繫，敲定了將牠送往美國的事宜。

我知道阿瑛也嚐到分離的苦澀，但她什麼都沒有說，這一點她比我堅強多了。

一陣子後，美國救援組織來信告訴她，便當黃被收養了，而且是非常有錢的家庭。

幾個月後，認養人寫信來，還寄了許多狗狗的小紀念品給阿瑛，

信的內容十分感人，阿瑛看了之後興奮的在辦公室又叫又跳。

這就是我們動物救援者最希望得到的結果。

當看到狗狗得到幸福的那一刻，我們的成就感無法用言語形容，所有的辛酸與痛苦全都一掃而空，內心被滿滿的愛與幸福填滿。

由於來信極長，我摘譯如下：

我們是領養華特（也就是便當黃）的家庭，真的很謝謝你們當時援救了牠！你們是天使走在人間的最明顯例證，華特實在是一隻非常棒的狗，我們好愛牠。

我先生已經退休，但他身體不好，如今華特成了他的最佳良伴，我們的兒子，則成了華特的哥哥，他住在大學宿舍，每次他一回來，華特就興奮極了！

我們家有一個很大的後院，華特很喜歡去探險，看到鹿的蹤影時牠就很興奮（我和阿瑛看到這裡不禁傻掉，可以看鹿的後花園？天呀！）雖然華特可以隨牠高興就出去，但牠總是選擇待在房內貼心地陪伴著我們。

我知道牠之前曾受虐，但不知道有多嚴重，因此我帶牠去上狗狗社交課程，而且只要我們去哪裡，一定帶著牠，讓牠習慣不同的環境和人們，甚至是孩子。牠越來越有自信，我請了一位狗狗訓練師經常蹓牠，萬一有突發狀況便可以隨時處理。牠真是一個優秀學生，訓練師大力稱稱讚牠的服從性很高，我想那是因為牠越來越有安全感了。

我們去旅行一定帶著牠住旅館（看到照片我們又驚嘆不已，天呀！高級旅館耶！）讓牠盡情地開心旅行。

我們之前的黃金獵犬Ruby，就像我們的小女兒，當她癌症去世後，我們傷心不已，決定不再養狗。但幾個月後，空蕩蕩的房子讓我改變主意。

我先生開始尋找適合的母黃金獵犬，我們找遍了收容所和中途之家，最後有人跟我們談到來自臺灣公混種黃金獵犬。

不知為何我們突然想看一下，一看到華特，我們就愛上牠了。

我不知道該如何表達我對你們的感激，是你們讓牠進入了我們的生命，成為我們的新小孩，牠現在已經擁有了一個充滿愛的溫暖家庭，謝謝你們！

＊＊＊＊＊＊＊＊＊＊＊＊＊＊＊＊＊＊＊＊＊＊＊＊

過了幾年，女主人又來信，告知男主人因心臟病發過世，傷心欲絕的她幸好有便當黃的陪伴才得以走出悲傷，她真的深信便當黃是上天派來援助她的毛毛天使。

便當黃呀！是你自己選擇了這個家庭，

因為你的靈魂知道，他們需要你的愛與協助。

＊＊＊＊＊＊＊＊＊＊＊＊＊＊＊＊＊＊＊＊＊＊＊＊

再來是小米的故事。

二〇〇九年暑假時，學校的廁所前蹲著一隻孤單無助的小型米格魯，

我發現牠因為跛腳而走不動，只好帶牠去動物醫院。

醫生看了X光後，判定牠因為車禍受傷。

我猜牠在外面流浪，不小心被車子撞，才一路拖著傷肢掙扎至學校。

於是我只好將牠留在醫院動手術。

醫生問我要幫狗取什麼名字，

這可問倒我了，因為經歷太多貓狗，腦內的名字資料庫早已用盡。

既然是米格魯，那就叫小米好了！

醫生一副「妳真是超沒創意」的眼神瞄了我一眼。

唉唷，

博美就叫小美，

瑪爾濟斯就叫小瑪，

雪納瑞就叫小雪，小雪用過了就用小納或小瑞。

這樣不是很簡單嗎？就不用絞盡腦汁想了，

所以米格魯當然就叫小米或米米囉！

除了取名字的大事解決之外，還有更重大的事要跟醫生商量。

那時我們手頭有點緊，便卑躬屈膝、低聲下氣地哀求醫生讓我們延遲付款。

醫生知道我們「事業」做的相當大，便無奈地答應了。

要離開醫院時，看到醫院內的狗狗跳來跳去，便以極盡巴結諂媚的語氣說：「醫生，你們家的羅素克洛犬真是可愛！」

醫生瞪了我一眼：「誰跟你羅素克洛，是傑克羅素犬（JACK RUSSELL TERRIER）！」

對喔，

羅素克洛（Russell Ira Crowe）好像是一位澳洲男星……

我看著醫生的表情，暗忖他一定在想：

真是混蛋加三級，
不但錢付不出來，
狗名取不出來，
連狗的品種都搞不清楚！
別這樣嘛！親愛的醫生大人。

由於小米的個性非常討喜，醫院的護士太喜歡牠，自願當小米的中途，後來在因緣際會之下，小米成功飛到美國的中途組織，很快就被認養了。
認養牠的家庭還寫信來感謝我，
以下是他們的來信：

Dear C:

After adopting Mimi, we decided to change her name to Kukui, as in Hawaiian Kukui nuts !

領養米米之後，我們決定將牠的名字改為庫庫伊，就像夏威夷庫庫伊豆。

I am a big fan of the Hawaiian culture, and I loved the name Kukui.

我是一個夏威夷文化迷，而且我很喜歡庫庫伊這個名字。

Except in Spanish, Kukui means "monster/devil."

除此之外，Kukui 這名字 在西班牙語裡的意思為怪獸／惡魔。

I try to make sure people know she's named after Kukui nuts, as you can see why.

這樣你們就知道我為什麼要幫牠取這個名字了。

We are now coming up on the 2-month mark of having her here with us in Napa, and we are loving every minute of it!

我們和牠一起住在納帕兩個月了，我們愛極了和牠在一起的每一分鐘。

We take her on daily walks either through the neighborhood, or we take her to a local dog park where we walk on trails and meet other dogs.

我們有時帶牠去住家附近散步，有時帶牠去附近的狗公園，在步道上跟其他狗兒玩耍。

She does have her ups and downs and I think her nose gets the best of her sometimes.

牠認真地四處聞，有時用牠的鼻子挑出最愛的東西。

We keep catching her finding food throughout the house, and especially chocolate.

我們試著逮到牠，避免牠在屋裡找食物吃，尤其是巧克力 。

Luckily, we've caught her early and she wasn't able to eat very much.

幸運地，我們在牠還沒吃很多巧克力之前就逮到牠了。

But she does seem to be a chocoholic.

但牠似乎是一個巧克力上癮者。

Besides that, she is a sweet lovely girl and everyone just falls in love with her whenever they meet her.

此外，牠真的是一個可愛的女孩，每一個遇到牠的人都喜歡牠。

We especially think it's hilarious how much she loves to sunbathe!

而且，我們覺得牠愛日光浴到很好笑的地步。

She could lay in the sun all day if it would just stay up !

如果陽光沒有消失，我相信牠可以在陽光下躺一整天。

As far as her leg goes, she is doing quite well with it.

至於牠腳的情況很不錯。

She does skip once in a while when walking or running around the house.

有一次牠甚至蹦蹦跳跳地繞著房子跑。

We would love to hear all about her life in Taiwan and how she came to the rescue shelter.

我們想知道牠在臺灣的生活以及如何會到救援組織機構的經歷。

The more information you can give the better !

你能提供我越多資訊越好。

I can't wait to hear it !

我等不及聽到。

I attached some pictures of myself and my boyfriend, Corbin.

附上一些我和我男朋友以及牠的照片

I also added the Christmas card picture we sent out to all our friends and family.

我也附上了我們送給親朋好友的聖誕卡片。

Kukui has been such a positive personality that has been added to our family.

庫庫伊是如此地活潑，牠已經成為了我們家的一員。

We all love her and she has helped us move forward since the passing of my mom last year.

我們好愛牠，而且牠幫我們走過了去年的喪母之痛。

I wanted a dog to help us in the process, and she has been a great asset to myself, my dad, and my brother.

我想養一隻狗幫我們度過這悲傷的歷程，而牠正是我、我父親和我哥哥的重要寶貝。

Thank you for bringing her to Northern California and I look forward o hearing from you.

謝謝妳將牠帶到北加州，希望能盡快聽到妳的回音 。

Sincerely

誠摯地

J

幾年後我們又接到另一封來自庫庫伊主人的信。

Hi C

Kukui is doing amazingly well and we are still so happy we were the lucky ones to bring her home.

庫庫伊過得很好，而且我們還很高興自己那麼幸運能帶牠回家。

We recently took her to the vet for her yearly check-up and I'm happy to say that she is very healthy !

我們最近帶牠去做年度健康檢查，真高興牠很健康！

Kukui has been such a positive and uplifting gift to my entire family, we love her so much !

庫庫伊是我們家活潑，鼓舞人心的禮物，我們都好愛牠。

I still can't believe that her original name was Shao Mi, Little Grain of Rice.

我還是無法相信牠之前的名字是小米，意思是很小的米。

Coming from a Filipino and Chinese background, I grew up eating rice almost every single day, and still do !

因為我有菲律賓和中國文化的背景，我是吃米食長大的，現在也還是。

It was as if it was a perfect fit !

這真是一個完美的搭配。

We love to take Kukui to the dog park where she's able to sniff and smell as much as she can.

我們很喜歡帶庫庫伊去狗公園，牠能在那裡盡情地用力嗅聞著。

We can even leave her off-leash, and she won't let us get too far before she comes running back to us.

我們甚至能放開牠的牽繩，牠不會離我們太遠，隨時會跑回來。

We try to take her as much as possible so we can all get our exercise !

我們盡可能地帶牠出去，這樣可以一起運動。

This year we celebrated her 5th birthday, and that we have had her for 3 years !

今年我們幫牠慶祝五歲生日，其中有三年在我們家度過！

We cannot thank you enough to all of you.

我們想向你們表達至深的感謝。

We are so grateful you took care of her in Taiwan, got her the leg surgeries she needed, and brought her all the way to the rescue shelter in America.

我們真是感激你們在臺灣時照顧牠，帶牠動腳部的手術，而且還將牠帶來美國的救援組織。

I hope all is well with all of you.

希望你們一切安好。

Take care,

J & C, and Kukui

每次看完這些信後，歡欣愉快的心情，頓時將之前的辛苦救援的積鬱一掃而空！

除此之外，我有更深的感觸。

就如同心靈師所說的，牠們生命中注定要遇見自己的主人。

而在遇見主人之前，遭逢的折磨苦難是為了讓主人更加疼惜牠們。

我和阿瑛所扮演的只是是推手，上帝催促著我們建立起雙方相遇的橋樑。

於是牠們飛過海岸，遇見了一輩子深愛的主人，抵達了自己真正的家。

但牠們在我們心中，也永遠保有一席之地，那美好的回憶永存我們心中。

牠們就像候鳥，在太平洋的兩岸，在愛牠們的人心中，都各自擁有無法抹滅的棲息之地。

愛，因為牠們而交流往返，而生命的體認，因為這些愛的交流更深更廣。

小米後記

小米過得很幸福，牠的媽媽說能夠領養到小米實在太幸運了！她說第一眼看到小米的資料照片時，就愛上牠了。她覺得小米一進到他們家，就像一道溫暖的陽光射入因為媽媽去世而鬱悶的家庭。

小米是一隻熱情又乖巧的狗，但實在超級愛吃，鼻子永遠在地上到處嗅聞尋找食物，有一次不小心吃了蝸牛毒餌緊急住院。不過有一件很不可思議的事，小米將主人**Jillian**的媽媽生前藏起來的巧克力全都找了出來！有些甚至連他們都不知道媽媽放在哪裡。

既然小米那麼愛吃，當然牠的生日禮物就是一大箱的零食囉！

小米真的超級愛曬太陽，總是懶洋洋又舒服地躺在庭院裡享受日光浴。

可愛的小米，好好享受美食和溫暖的陽光吧！

第十四部 Play 靈異第六感

（The Sixth Sense）

我們經常在幸福來臨時，理所當然認為日子可以這樣一直過下去，忘記「世事無常」這幾個字。

快樂無憂的阿呆逐漸老去。

那一年暑假，阿呆狀況一直不好，可能是因為過胖，出現血尿的情形。

我帶牠去醫院檢查，還好不是重病，只是膀胱有血塊。

治療後，醫生規定阿呆必須改吃減肥飼料，其他狗狗年紀也大了，也必須吃老狗飼料，牠們從此脫離美食的日子，和過去的歡樂say-goodbye。

但阿呆減肥飼料吃了一陣子後，不但沒效，反而還變胖。

我擔心是腎臟的問題造成水腫，便帶牠去做超音波檢驗，結果照出來是一堆肥油。

都吃老狗飼料了怎麼還會這樣？我百般思索，猜想牠一定是在校園裡找食物偷吃。

我考慮是否要將牠二十四小時都栓著，但是如果不放開牠，牠會不肯上廁所，而且一直被綁著也失去生活品質。

但眼見牠胖得連走路都要倚著牆壁，氣喘吁吁，而且完全跑不動，這樣下去不行，因此我使出最後絕招！

我把牠送到朋友家的工廠狗場關一、兩個月。

工廠狗場不鍊牠，但有圍欄，所以牠可以上廁所，而且沒機會偷吃。

我又訂了具有醫療效果的減肥飼料兩大包雙管齊下。

兩個月間我經常打電話關心阿呆的情形，朋友則跟我報告阿呆減肥有成，快到達我訂定的體重目標了。

我聽了高興不已，但有一天，我在睡夢中，聽到一聲清楚的呼喚：

阿呆快死了！

我震驚地一坐而起，不敢相信自己所聽見的。

因為我常會在夢中聽到聲音，有時真的與生活頗有關連，使我不敢輕忽，當晚下班後立刻去接阿呆回來。

屋。

我在工廠幫牠秤重，發現牠成功從24公斤瘦到18公斤，我高興地帶牠回去牠的狗屋。

瘦下來的阿呆，回來學校時好高興，在校園裡跑來跑去，警衛們很驚訝阿呆竟然會跑！

回來之後，我發現阿呆水越喝越多，肚子腫得像一粒球。

我本來以為牠又變胖，卻發現牠竟然可以喝掉整整兩桶水，之後又到處去找地上的髒水喝，於是我馬上帶牠到動物醫院就診。

第一次檢查的結果，照不出任何問題，於是我就帶回來觀察。

但情況越來越糟，阿呆肚子大到連走路都十分吃力，我只好又帶牠去醫院，醫生認為是心臟老化引起腹水，又看了看牠的外觀和症狀，覺得也有可能是腎上腺素亢進，所以醫生決定阿呆必須留院觀察，並做進一步的檢驗以確診。

阿呆做了一連串的檢驗，一個星期後，醫生通知我們牠確定罹患腎上腺素亢進，只要手術過後就會改善狀況，我聽了之後鬆了一口氣。

沒想到幾天後醫生又通知我，本來要動手術了，但阿呆的皮膚突然出現蜂窩性組織炎，因此手術必須暫緩。皮膚出問題就代表皮膚的癒合能力很差，術後將會出現問題，當務之急是先將皮膚治好。

更糟的是，他們掃瞄阿呆又發現牠的肝有一些不明硬塊，無法判定是良性還是惡性，必須做組織切片，那必須進入體內切取，但牠因為皮膚的問題，目前也無法做此檢查，因此目前什麼都不能做，只能住院先將皮膚治好。

從此阿呆便開始住院，而且一天要換三次藥。

這段期間，我只有一開始去探望阿呆，之後就沒再去醫院看牠，只是藉由電話了解阿呆的情形。

醫院的護士們一度以為我們是絕情的主人，便打電話要我們去醫院探視阿呆並為牠打氣。

我一到醫院，還沒看到阿呆，就淚如雨下。

護士和醫生都很訝異，趕緊安慰我，我哽咽

地解釋給他們聽：「我不敢來看阿呆是因為害怕牠看著我的眼神，那眼神告訴我牠想回家。我也想帶牠回學校，可是為了救牠沒有辦法，只能看著牠悲戚的眼神，狠心轉頭離去。我實在沒有辦法忍受這種煎熬與心如刀割的感受，所以才不敢來看牠……」

醫生拍拍我的肩膀說：「照顧病患的人，一定要比病患更堅強，牠需要妳來看牠，如果妳不來，妳也會後悔一輩子。」

其實我明白醫生所說的。

我嘆了一口氣，徹底調整自己逃避的心態，兩三天就去探視牠。

後來為了讓阿呆開心，我還帶了阿呆在學校裡最好的狗朋友——妹妹去看牠。

為什麼妹妹是牠最好的朋友呢？

因為在學校時，阿呆常被另外兩隻狗柔柔和圓圓欺負。

有一次我和同事小靜親眼目睹，當柔柔和圓圓要咬阿呆時，阿呆嚇得翻肚過去，妹妹立刻一馬當先飛撲過去，擺出人面獅身像的姿勢，將阿呆蓋在牠自己的身體下，並對著柔柔、圓圓狂吠不已。

我激動地對小靜說：「妳瞧瞧，妹妹英勇救阿呆，多麼感人呀！」

靜儀狐疑地看著我說：「妳確定牠們不是在玩？」

真是的，幹麻不用比較有想像力和感動人心的解釋呢？（其實小靜可能是對的）

但我還是堅持夢幻式的想法，這樣人生比較有趣嘛！

在這種情形下，我帶著我認定是阿呆好友的妹妹來醫院，並打開阿呆的籠子。

阿呆懨懨地躺著，一動也不動，只用眼睛看著我們。

接著，不可思議的事情發生了！

妹妹竟然爬進阿呆的籠子裡，靜靜依偎在阿呆身邊，

我正熱淚盈眶時，妹妹一低頭就將阿呆籠子裡的飼料吃光了……

不管怎樣，阿呆和妹妹就這樣靜靜地並躺著，

我在一旁觀看著這可能是很溫情的一幕，靜靜地陪著牠

們。

在這之後，我經常往返醫院去看牠。

但牠的精神卻越來越差，醫生開始為牠打點滴，情況越來越不樂觀。

而那殘酷的一天，糾纏我將近三年的惡夢卻來臨了。

＊＊＊＊＊＊＊＊＊＊＊＊＊＊＊＊＊＊＊＊＊＊＊＊＊

首先要跟大家報告一個消息：

阿呆於五月二十二日早上安息於我的懷中。

阿呆經歷手術後無效，在醫院待了將近兩個月，到後期已是血便不肯進食，醫生要插鼻胃管時，發現可能連鼻子裡也長滿腫瘤，以致於插不進去，醫生和我決定別再折磨牠了。

我和阿瑛半夜載阿呆回到學校，

希望牠能在自己最熟悉的地方靜靜死亡，

我知道牠很膽小，害怕陌生的地方，

因此我在回程的車上一路放佛經給牠聽，

不斷地告訴牠，

我們真的都好愛牠，

別忘了我們曾在一起的歡樂時光！

隔天早上抱著牠，牠安息於我的懷中，淚如雨下的我不停撫摸牠的臉頰，給了牠一個離別的吻。

我一直身陷於哀傷中，親眼目睹死亡不是一件容易釋懷的事，所以一直無法下筆寫出這段文字，

但這樣的哀傷與憂愁，對我和對阿呆又有什麼幫助呢？

所以我情願記得牠與我們相處的那段美好與歡笑的日子。

阿呆大約是民國八十七、八十八年來到學校，

牠來的時候還只是兩個月大的小狗，躲在妹妹和小黃的大狗籠下，和警衛

室旁邊的水溝。

我們從來沒看過這麼兇的幼犬，根本摸不到，只要你一靠近牠就齜牙咧嘴想咬你，所以根本餵不到牠。

牠會自己在水溝裡抓老鼠過活，所以那一陣子學校幾乎都沒有老鼠，這都可能要歸功於阿呆，

但牠一天一天長大，不結紮的話又要生一堆小狗，於是在牠六個月大的時候，我成功將牠結紮了。

說也奇怪，阿呆結紮回來，變得超級親人且愛撒嬌，完全不像以前那隻凶猛的幼犬，所以阿呆就這樣被馴服囉！

我後來為牠蓋狗屋，牠愛死了，總是躲在裡面睡大頭覺。

小美班的學生最疼牠，永遠為牠準備會得高血壓和中風的豐盛午餐，阿呆在校園的日子真的很快樂，很幸福。

肥肥的阿呆，

撒嬌的阿呆，
經常可以在穿廊看到阿呆那白底橘斑圓滾滾的身軀在納涼，
看到人總是向鬥牛一樣衝到你懷中把你撞倒，
在穿廊急奔時遇到樓梯還會緊急煞車，牠可愛的笑臉和純真的眼神……

希望大家和我一樣記得這些歡笑與快樂的日子，
在歷經了我們所愛的家人、朋友或寵物的離去，
若有所失的惆悵與哀傷是一定的，
但我相信，
我們一定會再與牠們重聚的。
時間老人將我們暫時留著，
是希望我們快樂地過日子，
享受這人世間的美好與關懷，
還有愛……

這是我寫給同事的信，通知阿呆死去的消息，

事實上，真相不只如此，

但我不忍心對同事訴說。

那一天，在接到醫院病危通知的電話之後，我和阿瑛趕去醫院，

醫生問我們是不是現在立刻讓牠走？

我猶豫了一下，我之前曾答應阿呆，一定要帶牠回學校，因此我悲痛地下了我此生中最錯誤的決定之一。

我決定和阿瑛載著奄奄一息，渾身無法動彈的阿呆回學校。

在車上我邊哭邊撫摸牠，回到學校已經一點多。

我和阿瑛將牠放在校園樹下的狗屋內。

那時是五月，怕牠熱所以沒有蓋上毯子，那麼晚也找不到獸醫院願意來執行安樂死。

愚蠢的我，那時竟還抱著一線希望，認為讓阿呆高高興興地在狗屋——牠自己最愛的家睡一晚之後，隔天會有奇蹟出現，牠會好轉，甚至會站起來！

不是常常有這種不可思議事件的報導嗎？

我在悲傷中仍懷著天真的想法，拖著疲憊的身子回家，決定明天一大早四點就要趕來學校看一下阿呆的情形。

但拖磨了一天之後，我實在太累了，竟沉沉睡去。

等我驚醒時，抓起鬧鐘一看，已經五點了！

我立刻胡亂穿衣，飛車趕來無人的校

園，遠遠就聽到阿呆尖銳的哀鳴聲，

衝到狗屋，卻看到令我幾乎崩潰心碎的景象。

上百隻蚊子正在叮著完全無法動彈的阿呆，阿呆則痛苦尖叫哀鳴，

我痛心地蹲進狗屋抱著阿呆大哭，

都是我的錯！

我太蠢了！

怎麼會沒想到晚上會有蚊子？

而阿呆又無法動彈，就這樣被蚊子殘暴地肆虐了整個晚上。

已經無力了還發出那樣的尖叫，可見牠有多麼痛苦……

而這一切都是我造成的。

我無法停止地痛哭，顫抖地拿出手機，打給附近一位很早就起床的獸醫，我要求他立刻來為阿呆解脫，我不要牠再受苦了！

我不想移動阿呆增加牠的不舒服，因此我要求獸醫進入狗屋為牠打安樂死的針

劑。

但因角度不對，醫生第一針沒有注入血管，

阿呆又發出痛苦的尖銳哀鳴聲，

我抱著牠痛哭，

又是我，

又是我的錯……

醫生抱怨：「妳要配合呀！將牠拉出來，不然我怎麼處理？」

我痛哭著將阿呆慢慢抱出，醫生再度施打一針，阿呆就慢慢地不再呼吸了，

但我覺得自己的靈魂已經支離破碎。

醫生說阿呆最後似乎留下了一滴淚就離開了，

我則抱著牠痛哭不已。

我將白布蓋在牠身上，中午請寵物火化公司載走，但才幾個小時，阿呆的身體已

經發出惡臭，可見牠的器官早已衰敗不堪。
接著我便陷入行屍走肉般的生活，
只要一閉上眼，阿呆被蚊子叮住的悲慘模樣，
還有阿呆痛苦的尖銳哀鳴，
都在我腦海裡像鬼魅般縈繞，揮之不去。

之後，我要去動物醫院結帳的前一天夜晚，在夢中聞到玫瑰花香，
我看見自己牽著阿呆離開那一間照顧牠兩個多月的動物醫院，因為阿呆康復了！
而阿呆一一對醫院裡的醫生和護士說謝謝。
夢醒時我哀傷不已，但我知道阿呆去天堂了。
因為那玫瑰花香，已經掩蓋了那一天令我驚恐的屍臭味記憶。
從此，在我心裡，只剩下那玫瑰花香。
我知道阿呆要我去跟醫院、跟那些細心耐心照顧牠的醫護人員說聲謝謝，
當我向他們述說這夢境時，醫院裡的人都感傷地微笑著，

更讓我感動的是，在阿呆經歷那麼多的治療和那麼長期的住院，他們卻只象徵性地收一筆基本費用。

我不禁又淚如泉湧，感謝大家的體諒與溫情。

但是此後我變得非常痛恨蚊子，

我恨不得殺光牠們！

阿呆被蚊子叮咬的陰影一直纏繞著我無法解脫。

為此我還去找一位通靈師父，付了錢只得到模稜兩可的回答；我去求籤，或是解夢，這些種種的努力，都無法將哀傷從我心中去除。

阿瑛勸過我很多次，但都沒有用。我只要一想到阿呆，就心如刀割，無法原諒自己。

直到三年後，我在電視上看到一位加拿大能和動物溝通的女士，即將前來臺灣。

我立刻報名參加對談。

她是一位銀髮慈祥，身材嬌小的R女士。

我拿出一大堆狗狗照片，我有好多問題想問她，但問到阿呆時，我又無法控制地崩潰痛哭。

女士聽完一切來龍去脈後，她看著阿呆的照片對我說：「阿呆已經在天堂裡快樂奔跑了！」

但我說我無法原諒自己，在牠死前讓牠承受那麼大的苦。

她說：「但妳從此之後，就不會再這樣做了，不是嗎？」

她的回答並不能讓我寬心。

錯誤已經造成，我如何抹去這一切，如何讓一切重來？

我對那女士說：「妳可以請阿呆的靈魂入我的夢，跟我說牠一切都好，好嗎？這樣我才能安心。」

她點點頭，我不抱任何希望地回去了。

一個星期後的星期六，我正在房間午睡。

突然，

我感覺到阿呆來了，
我什麼也沒看到，但我就是知道牠來了！
牠出現在我床尾右邊的桌子前對我說：

求求妳！
放過我吧！
妳的悲傷，讓我無法安息。
我會遭遇這些事，和我的因緣有關。
我曾經是一個受盡全家寵愛的男孩子，
卻做盡了讓姐姐和家人傷心的事。
我讓他們每天如芒刺在背，心如刀割。
所以我也必須體會他們的痛苦，
這是我該承受的，我才知道他們的苦。
放下我吧！

讓我好好地離開吧！

求求妳！

我頓時驚醒過來，

全身激動，微微顫抖。

不知為何從此我就完完全全地放下阿呆。

我想起牠時不再悲傷，而是充滿了平靜。

那是因為我了悟了因果嗎？還是那只是潛意識的想像？

但我無法解釋的是，不管我看了多少書，不管多少人勸過我，都無法減輕我的哀傷，

但這次經歷，卻讓我徹底解脫。

為什麼？

這就是靈魂層次的溝通嗎？

在那個層次的溝通，勝過俗世間千言萬語。

我從此從悲哀中解脫出來，也了悟到我不應沉溺在悲傷中，那反而更加傷害牠們靈魂的安息。

阿呆，

謝謝妳！

為我上了這寶貴的一課，

在我漫長還須面對許多生離死別的未來路途上，妳給了我勇氣，讓我能以更宏觀豁達的角度面對生死。

謝謝妳！

我在內心深處深深地用愛擁抱妳，願妳在上主之處，愉快無憂地繼續做阿呆，

再見了，我親愛的孩子，

我期待與你們再相見，然後在我和妳相聚的那一天，要記得來天堂的門口，晃著肥胖的身子來迎接我喔！

第十五部 Play 雅（啞）狗出任務

（Argo）

送走公拉拉 Reno 之後，面臨了阿呆的死，以及老瑪爾濟斯 Mickey 在二〇〇八年去世，多多和嘟嘟又生重病無法行走，所以我一直處在照顧老狗和面臨生離死別的痛苦中。

在這種情況下，我根本無法將工廠的母拉拉雅雅 Yaya 接回來。

但牠一直在我心上。

嘟嘟和 Mickey 去世後，我知道我該把牠接回來了。

Yaya 的跛腳一直沒好，我特地帶牠去臺大教學動物醫院就診，原本要試著動手術，但傷口打開後發現手術可能徒勞無功，因為去除增生組織還是有可能再復發，而且牠骨頭增生的部位非常難處理。

醫生建議我讓牠吃JD處方飼料，減緩惡化並保養牠的關節。
牠注定要一輩子跛腳了。
牠一隻眼睛也白化得更嚴重，
牠的乳頭大多下垂畸形，應該是生過許多寶寶，
而聲帶早已被切除。
此外牠無法養成良好的上廁所習慣。
根據以上種種跡象，幾乎可以斷定 Yaya 是被繁殖場丟棄的狗。
已經被利用完畢，所以被扔到街頭。
我將 Yaya 接回來，我決定要在牠的餘生給牠一個家。

但另一隻學校的老狗：妹妹，也需要照顧，因此我無法全心全意地照顧牠。
在這種情況下，女超人阿瑛堅持要盡力給動物愛的環境，所以她認為有機會我們還是該幫 Yaya 找個真正屬於她的家，但這種狗在臺灣是沒有機會的。

此時阿瑛一位國外的志工好友C，知道Yaya的情形之後，深深被感動。她認為Yaya之前慘遭如此悲慘的待遇，還必須承受如此惡劣的身體狀況，卻仍如此拼命要活下去，那我們該為Yaya想辦法。

說實在的，那時我根本不抱任何希望。這樣條件惡劣的一隻狗，又不年輕，誰會想花時間，花大把金錢認養這隻狗？

但C要我不要放棄，繼續堅持牠的居家教養，並像從前一樣，將影片上傳到YouTube。

我每天訓練牠，並將過程拍成影片。可是我發現Yaya沒有Reno好教，牠似乎受到較深的創傷。

我將牠放進運輸籠時，牠非常抗拒，

後來好說歹說用食物騙進去之後，牠拚命用那被切除的聲帶，發出沙啞的呼呼聲在籠內抗議，我想說等一下牠就會習慣了。

沒想到隔天起床把我嚇壞了！

牠整夜用鼻子撞門，撞到出現一個極大極深的傷口，流了不少血，

我真的被嚇傻，後來只好先讓牠在習慣的房間睡覺，之後再慢慢地讓牠進運輸籠。

Yaya 其實是非常溫和親人的狗，牠從不兇其他狗，也能和貓咪們和平相處，但唯一傷腦筋的是，牠一直學不會在室內不能大小便，不管我帶牠出去上過幾次廁所都一樣。

每天一早，當我打開牠睡覺的房門時，都祈求上蒼，拜託讓我看到乾爽的地面。

忐忑不安地慢動作打開門，噹噹！地上還是有尿漬。唉！又失敗了。

經歷好幾個月仍是難以完全成功，

那表示牠以前一定是一直關在籠內，長期關籠的狗很難學會在戶外如廁。

因為牠們二十四小時在籠內，即使牠原本是很愛乾淨的狗，在籠內根本無計可施，只好想大就大，想尿就尿，最後變成習慣，根本無法分辨也不會忍耐了。

這是人類的錯，人類的飼養方式扼殺了牠們的學習能力。

Yaya 還有一個很大的問題，

牠雖然跛腳，但精力充沛，

堅持拉拉的本性，躁動不安，

想撲就撲，想跳就跳，很難控制。

觀察到這些行為之後，我想我就養牠一輩子吧！我不抱認養希望了。

沒想到美國卻傳來好消息，有志工願意先「中途」牠。

為此我掙扎很久，牠這麼糟的狀況，到美國萬一出問題，那我該怎麼處理呢？

但幾經思量我想通了，即使只有幾年也好，Yaya 有權享受一個家庭生活，一個真正全心愛牠的家庭。

即使後來狀況不好，我相信會認養這種狗的家庭，也絕不會將牠扔到路邊或棄至收容所，

若他們因考量牠的身體太糟或受太多的苦而讓牠安樂死，我也可以接受。

反觀，在我身邊，牠沒有辦法被全心照顧。

牠有權利得到愛，不是嗎？

因此我開始準備將牠送出去的事宜。

為此我真的深深感謝阿瑛和C的堅持不懈及幫助，終於讓這隻啞狗，成功地完成幾乎是不可能的任務，到美國準備展開新生活。

在照顧 Yaya 期間，我也會帶牠至民宿庭園咖啡屋散心。

在要離開前幾周，爸媽和我特地幫牠多拍了幾段影片和照片，希望能和牠留下最美好的回憶。

在機場送別 Yaya 時，我百感交集，

想起之前因為無能為力而將牠送至工廠，內心縈繞糾纏的的自責，終於在此刻得到紓解。

如今看著牠即將展開新生活，真為牠感到開心！

一路走來，是如此辛酸痛苦，但終於有了轉折。

我和牠緊緊擁抱，不想放開，我內心有許多話想對牠說，有許多愛想讓牠知道。

看著牠的運輸籠在輸送帶上慢慢通過X光機，通過布簾，消失了蹤影，我快哭了出來，但在眾人面前我忍住了。

只能在內心祈求上蒼，希望牠一切安好。

隔了一天，終於接到美國報平安的 e-mail，「中途」G將牠接回家照顧了，內心才暫時鬆一口氣。

G在「中途」Yaya 期間，也發現牠亂大小便的問題。

但她和 Yaya 長談，並在睡前減少食物和水的供給後，問題就解決了。（真想跟她學這一套狗狗溝通術。）

我擔心 Yaya 還有會亂找食物的壞習慣，所以趕緊寫信給她們，C回信說：

G將 Yaya 照顧得很好。大家都很好。三隻狗相處得很好，今早還一起玩球哩！不用擔心，食物都藏得很好，因為 Madonna（中途家的 Boxer 品種狗）也有一樣的壞習慣。

Yaya 晚上睡在運輸籠裡，白天就躺在G腳邊，大家都快樂幸福。

Yaya 也已開始入境隨俗地做起美國狗來，因為牠也會到窗邊望著郵差送信（美國人經常笑說狗會追郵差，郵差是狗的天敵）。G會照些照片給我們。

這是我應該做的，大家都是為了給狗爭取活下去的機會。

比起在臺灣親自下海花錢，花時間，花生活環境救狗的你們，我打打字，動動口又算什麼！

請問一下，Yaya一小包一小包"otitis externa"的藥是什麼？Gloria 照你的指示一天餵兩次，但已快吃完。想請問是治療什麼？還需要嗎？耳朵的蟲蟲已清除。

萬聖節 "Lady Yaya" 將穿上 Gloria 她們全家都愛的佛羅里達州的橄欖球隊衣服，到時收到照片再傳給你們。（不知狗會不會去要糖……？）

謝謝！

C

我感動不已，這世界總是會出現許多幫助我的天使，上帝，謝謝祢！將這麼多充滿愛的天使圍繞在我身邊，我覺得自己被深深寵愛。

Yaya 在G的家中時，一直有家庭來看牠，但都沒有人認養。直到有一天，傳來有家庭要認養 Yaya 的消息，大家都為之振奮，新家庭將牠命名 Leila，但C接著來了一封信。

不幸的，Yaya 又被退貨了。

我和G能說能談能勸能幫的都試了，但是認養牠的家庭的女主人認為 Yaya 無法跟得上她的生活步調，又覺得Yaya的腳好像好痛的樣子，所以考慮一週後，還是今天送回。男主人超愛Yaya，每晚都跟Yaya睡（男女主人是分房睡的），但是因為白天男主人上班，都是女主人在家，所以是女主人說了算。

我雖然失望，但仍是靜待未來，因為憂慮傷心都無用。

我們又等待了一陣子，終於出現曙光，

一個非常有愛心的家庭收養了牠，我們高興極了！

但接著卻又來了一封令人憂心的信。

信中提到主人已帶Yaya出去散步，但牠仍在屋內隨地大小便。我最擔心的事果然發生了。

還好Yaya的「中途」G立刻回信給新主人。

G提到Yaya在前一位試養的主人住處沒有發生這種事，但在G的家中曾發生過。G認為Yaya

是在生氣G離開牠，G之所以知道是因 Yaya 是勉強擠出一兩滴尿的。

因此G非常嚴厲地跟牠溝通，說她不能再忍受 Yaya 這種行為了，會將牠放在觀察黑名單上。至於晚上，因為 Yaya 都睡在運輸籠內，G的做法就是睡前限制食物和水，並早一點帶牠起床上廁所。

希望這些方法對她有用。

女主人回信說方法真的有效！而且她也仿效G，好好地跟 Yaya 溝通過了。女主人去哪裡都帶著牠，帶牠去一個兩小時的小旅行，牠玩得很開心，但全身弄得髒兮兮的，因此牠在新家洗了第一次澡。

以下是信的其他部分：

牠真是一隻好狗，
男孩們好愛牠，
牠跟貓狗都處得很好。

但牠很愛趴上流理臺偷東西吃，才剛煮好的牛排牠下一秒就吃掉了。

所以改給牠吃水果，牠愛吃蘋果和梨子。

地板上留下許多牠和兩位男孩的抓痕，他們玩得很愉快。

過了一陣子，主人又寫了一封信。內容如下：

Yaya聖誕節過得很快樂！

牠適應得很好，而且大家都喜歡牠。

我們帶牠去新房子，牠表現得很好。

大部分時間都懶洋洋地躺著，很

少人會踩到牠。

我們附上一些照片。

祝大家聖誕節快樂。

本以為一切都很順利，但又來了一封令人擔憂的信。女主人在信中提到 Yaya 的耳朵流出棕色液體，他們帶牠去看醫生已經花了美金三百元。

而且他們又發現牠胸部有腫塊，醫生為牠打點滴並檢查是否是癌症。Yaya 必須吃抗生素，還得拿清耳朵的藥。

他們很喜歡 Yaya，希望能一直養牠，但他們並非極度富裕的家庭，而從認養 Yaya 至今，包括認養費，他們已經花了美金一千元了。之後又陸續有檢驗要做，因此她希望知道這些檢驗在臺灣是否做過。

Yaya 除了這件事之外，在其他部分都和他們適應得很好，但她和她先生對這樣的花費真的不知該如何是好。

為此我決定匯款幫助 **Yaya**，只要 **Yaya** 能待在好家庭，錢算什麼呢？再賺就有了。
而美國志工C也決定幫忙捐獻，我過意不去加以拒絕，但她堅持要幫助 **Yaya**。
我感動得無以復加，深深感謝上天對我的眷顧和寵愛。

過了一陣子，我們收到令人開心的信！
女主人謝謝我們所有人的幫忙，
Yaya 身上的腫瘤確定是脂肪瘤，這在拉拉身上很普遍。
她謝謝我們的幫助，而且決定保留 **Yaya** 這個名字。

之後 **Yaya** 的中途G送來一封幸福的來信。
信的主題是：**猜猜看誰有了家？**
G說她得到女主人的來信，信中說家裡每一個人都愛 **Yaya**，甚至包括她的丈夫。
她的丈夫說領養 **Yaya** 是一個正確的決定。
這對她丈夫來說可是不得了的話。

那一天早上 Yaya 還是在家裡大小便了，可是那是他們的錯。

他們沒注意到牠發出要上廁所的訊號，在女主人急著送小朋友上車時，她先生大笑著並拿著一包「黃金」給她看。

之後他們帶著牠散步，牠非常開心！

他們已經在牠身上植入晶片，也幫牠做了狗牌。

女主人說 Yaya 不會再發現一個更適合牠的家庭，而他們也不會再發現一隻比牠更好的狗了！

女主人對 Yaya 說：歡迎妳。

並謝謝我們每一個人為牠所做的一切努力，

上帝祝福所有人。

歷經幾番波折，Yaya 這隻在繁殖場受盡苦難的啞狗，終於成功地找到幸福的家。

我以美國志工C寫給 Yaya 家的信，為這個故事做個結尾。

Thank you. Thank you for finding Yaya and giving her a chance.

謝謝你們，謝謝你們發現 Yaya 而且給牠機會。

Thank Bob for not minding Yaya's "gift" for him right off the bat.

謝謝男主人 Bob 不在意那一袋「黃金禮物」。

Thank you and your family for looking beyond Yaya's "broken parts" and see she's still got some good milage left.

謝謝你們的家庭能夠以更高的視野來看 Yaya 這隻支離破碎的狗，而且還有很長一段路程等著牠去完成。

Yaya is a special dog who has fought so hard to find happiness in everything and everyone that came her way.

YaYa 是一隻很特別的狗，而且牠為了得到幸福，是如此努力地為牠生命中的每一個人和每一件事奮鬥。

Disregarding how her life was before, she never lost hope for the good in humans.

不管牠之前生命有多悲慘，牠從未失去對人類的愛。

Crystal took care of her for so long, almost gave up on ever finding a home for her.

Crsyatl 之前照顧了牠很長一段時間，幾乎快放棄為牠尋找一個家的希望。

Until she was able to come to the States, until she was able to find you and your family.

直到牠來到美國，直到牠發現你們這個家庭。

We don't have much to offer except what we can come up with.

除了之前我們所做的之外，我們幫不上太多忙。

We are just so happy that Yaya did find a new family that loves her for who she is, a bit broken.

我們真的很高興 Yaya 得到一個即使知道牠深陷殘缺，仍那麼愛牠的新家庭。

Thank you for sticking by her and not giving up.

謝謝你們為牠所做的堅持，謝謝你們不願放棄牠！

I have translated your email into Chinese and emailed to Yaya's rescuers in Taiwan - C and H. I will translate their messages to you when I receive them.

我會將這一切翻譯給 Yaya 在臺灣的救援者 C 和 H，我也會將他們的回信翻譯給你們。

Cheers to you,

祝福你們。

C

Yaya 主人的回信：

Wow! Thank you very much for everything.

噢！非常謝謝你們做的每一件事，

I'm touched by your generosity and love for Yaya and the animals.

我被你們對 Yaya 的慷慨和愛深深感動。

Thank you so very much.

真心地謝謝你們。

Love

Jenifer

Yaya！我真心為妳高興，雖然我也很明白，妳所剩時光不多，而且身體狀況會因年老而惡化，

但即使是一年，一個月，甚至是一天，只要妳真正完整地享受到一個溫馨的家庭給妳完全的愛，那就足夠。

在妳受盡苦難的歲月中最後一刻，妳得到了愛，還有什麼比這更大更好的禮物呢？

上天，感謝祢！讓這隻殘缺的啞狗，在牠生命的最後歲月，得以品嘗到甜美的愛，並被偉大善良的人們包圍著。

我相信，

牠的苦難已被淨化，牠的靈魂已充滿歡愉。這就是牠這一生的任務。

雅雅後記

連絡上在美國的 Yaya 媽媽，她在信中告訴我，雖然她知道遲早有一天我們會來信，但自己仍是無法面對這件事。

去年初 Yaya 的腳讓牠承受極度痛苦的折磨，完全無法行走，痛苦哀鳴。當初在臺灣時，醫生就告訴我牠的腳狀況惡化，即使接受手術能行走的機率仍是極低。

美國的醫生建議讓 Yaya 解脫，Yaya 媽媽忍痛下了決定讓牠走。

她在信中悲痛陳述：「I lost my sweet Yaya.（從此，我失去了我甜美的雅雅。）」

她說請給她一點時間整理 Yaya 的照片，因為她每一次回想都是心如刀割……。

Yaya 本來在臺灣狀況就不好，牠跛腳，白內障，全身脂肪瘤，聲帶被割，大小便習慣又差。當初將牠送出國時我心裡極度憂慮，到底牠在美國會不會比較好？會不會因此被一再退貨，最後仍是在美國等死？

雖然我知道後來牠終於有了主人，我的心仍是七上八下，害怕主人最後會受不了照顧牠的負擔和痛苦，而將牠送到收容所。

四年後，我終於收到這封信，但我卻因感動而開心流淚。因為我在信中感受到 Yaya 媽媽對牠深深的愛。那是用心和生命去愛著 Yaya。真的是太值得了！

雖然只有短短四年，但牠得到的生活品質與愛的深度，超越在狗場的漫漫數十年歲月。

接著我收到 Yaya 媽媽寄來的照片，幾乎淚崩。

Yaya 多幸福呀！

爸爸媽媽讓牠睡在沙發、讓牠躺在庭院、讓牠和貓咪相依偎、不怕牠抓壞或尿濕高級木頭地板，讓牠舒適地躺著。甚至讓牠戴上聖誕節的帽子慶祝節慶。

我最感動的一張，是一群孩子在雪地上抱著 Yaya，他們歡欣的笑容和 Yaya 安詳的臉，讓我無法控制地淚流滿面。

那一刻我終於知道，牠得到的不只是幸福的生活，還有那麼多人和牠的互動與愛的交流，尤其是天真的孩子所給予的愛。

我立刻回信給Yaya媽媽。

Yaya媽媽：

我看了這些照片幾乎熱淚盈眶，因為我知道，Yaya在生命的最後幾年是多麼快樂，充滿了愛和幸福。

尤其看到孩子們抱著牠的那張照片，我的心都融化了。Yaya那樣的狗，又老又瘸又啞又快瞎，在臺灣只有待在收容所或狗場等死的命運。

但因為你們，牠在美國竟然能得到有如天堂般的生活。

你們一家對我而言是上天派來的天使，你們讓我知道這世界真的有人願意無條件給殘缺的動物深深的愛。

謝謝你們，

致上我深深的感激！

雅雅，

我要對妳說，妳一生的任務終於完成。

妳告訴我們生命永遠不要放棄，即使再深的苦難都能得到光明，

謝謝妳！

謝謝上天的力量！

謝謝這一切宇宙間流動的情感與愛。

安心地在天堂等著我們吧！

終有一天，

妳會用完美健康的靈魂，

在天堂那綠草如茵的草地，

迎接著我們和妳一起奔跑。

再見了，

雅雅，

我們一定會再見！

第十六部 Play 有你真好

（집으로～《The Way Home》）

日子就這樣飛也似地在平淡中過去，

該面對的狗狗的生老病死沒有一隻逃得過。

嘟嘟後來生了幾次病，最嚴重的一次發作時，多多竟然也同時不良於行，而那時我又撿到了一隻因為太老而沒人願意認養的瑪爾濟斯犬 Mickey。後來又陸續撿到拉拉 **Reno** 和 **Yaya**，等到 **Reno** 送出去後，我又必須將學校一隻老犬妹妹接回家照顧。真的是屋漏偏逢連夜雨。

我因為照顧狗狗而分身乏術，筋疲力竭。

媽媽不忍心，自願白天幫我照顧狗狗。

我家就住在爸媽家對面，白天上班前，我會將狗狗先處理一下（大小便、餵藥等）。然後將這群狗狗抱至爸媽家，由爸媽照顧，晚上我再接回來。

這時媽媽擔任起照顧狗狗的重責大任了，她是狗狗們最愛的阿嬤！

說起我這位天才老媽，她有一個別人所不能及的本領，那就是——經常聽錯或搞錯字面意思，然後又發揮自己超強的想像力，煞有其事地加以解釋或自圓其說。

舉例來說，全家在看新聞時，因為她聽力不好，新聞又不是每一句話都有字幕，她會一直問我們，有時我們不耐煩懶得回應，她便自己亂猜新聞內容，然後又亂感慨一番。

有一次她看到了日本視覺系藝人Gacket來臺灣的頭條，在電視畫面上只見他帶著酷帥墨鏡，身著紅色襯衫，十足型男地出現在機場大廳受到歌迷熱烈歡迎。

媽媽卻突然嘆了一口氣說：「夭壽，金可憐！」

我扒進口的飯差點噴出來！

我瞪著她問：「哪裡可憐？」

「妳看看，」她指著Gacket說：「盲人歌星耶，殘而不廢，金瞭步企（真了不起）。」

我目瞪口呆看著她：「你怎麼會以為他是盲人？」

「妳看，」她理直氣壯地指著走馬燈：「不是寫視覺系藝人嗎？他不是瞎了幹麻戴墨鏡？」

老媽呀！妳竟然錯把馮京（視覺系美型藝人）當馬涼（盲人歌手），

我真是無言以對。

還有一次，她報名參加社區大學古典音樂賞析，之後便每天回家都興沖沖地報告今天學到的內容。老師若知道她有如此勤學的學生一定很感動；但老師若知道她的學習結果一定覺得很感慨。以下是對話內容：

「握今天又學到了一個音樂家，伊耶音樂金讚啦！」

「誰？」

「黛安芬啦！黛安芬的音樂不錯喔！」

黛安芬？我心想那不是內衣品牌嗎？怎麼沒聽過哪一個音樂家叫黛安芬？

「黛安芬的命運交響曲嘸派聽啦！」

「唉唷！什麼黛安芬，是貝多芬啦！」

第二天的對話。

「今天我們聽華歌爾的也不錯！」

華歌爾？

怎麼又是內衣品牌？

這一次我很冷靜地問：「華哥爾哪一首曲子？」

「華歌爾的啥米指環啦！」

「是華格納啦！是華格納的尼貝龍根指環啦！」

老師，

你還是不要知道真相比較好，

你就高興地認為，班上那個最勤快的阿嬤，通通都吸收你教的了，

這樣當老師會比較快樂。（同行的肺腑之言、良心勸告）

其實，聽錯就算了，她連看也會看錯。有一次媽媽看了報紙跟我說：「我還蠻欣賞G.O主教的。」

我納悶，我只聽過GTO麻辣教師，哪來的G.O主教？莫非是新的動漫？老媽竟然會知道動漫？我怎麼一無所知。

我問她：「G.O主教是誰？」

「單國璽呀！」

「那是樞機主教耶！」

「喔，」媽媽搔搔頭：「那個字念ㄕㄨ喔？我以為念ㄡ。」

「那也應該是歐機主教呀！」

「我記錯了嘛！記成了機歐（G.O）主教。」

我聽了差一點昏倒。

歐巴馬當選時拜訪了英國伊莉莎白女王，兩人站在一起拍的照上了新聞畫面，我媽又指著電視說：「歐巴馬的阿嬤怎麼那麼老？」

老媽，妳好歹也看一下，一位是黑人，一位是白人！（後來想想，其實也有可能，因為歐巴馬的媽媽是白人。）

在這種天才老媽的照顧下，狗狗們會得到什麼樣的照顧呢？

那時嘟嘟和多多都站不起來，嘟嘟因為骨刺再度復發而且身體老化，而多多則一直無法查出原因。

媽媽和爸爸便用毛巾拉起多多的肚子，每天撐著牠走路為牠復健，卻也不見起色。

後來同事阿瑛指引我一條明路，她要我帶多多去臺大動物醫院。

醫生檢查了多多之後，決定再做甲狀腺素檢查，後來發現多多是甲狀腺素低落，必須開始補充甲狀腺素進行治療。

這期間媽媽每天抱著多多一起睡。

每逢假日，我們推著嬰兒車，帶著這些老弱殘病的狗，遍訪中部各大景點民宿田園咖啡屋。（也曾帶 **Reno** 和 **Yaya** 去過）

新社及南庄一帶的咖啡屋，都留下了這三隻坐在娃娃車裡的老弱殘狗、兩位老人家，跟一位奇怪阿姨的身影。

那時日子雖然過得辛苦，但不知為何，竟也是生命中一段難以忘懷的回憶。

甜美與辛辣經常是參雜的，就如同啜飲黑咖啡，乍喝時苦澀不堪，但入口後竟會陣陣回甘，香味繚繞，讓你回想時一陣陣幸福感襲來。

人生中，苦中有樂，樂中有苦，真的是一趟奇妙的歷程呀！

後來在媽媽的細心照顧下，多多服用甲狀腺素後恢復走路的能力，全家欣喜若狂！

在Mickey、嘟嘟相繼去世後，只剩多多。媽媽心疼我為狗狗哭斷肝腸的慘狀，要我先休息一陣子，將多多交給她照顧，多多從此便和我媽形影不離。

多多因為沒有牙齒，牠的飼料都必須泡軟才能食用，大約要等個十五分鐘，嗜吃如命的牠會不耐煩地在旁邊吠叫。

媽媽每天最常跟多多說的話就是：「阿嬤等一下就幫你準備好食物，再等一下喔。」把多多當孫女般照顧。

不幸的是，多多漸漸老化，又出現無法走路的情形，這一次比之前更嚴重，

不但無法走路，連嘴巴都無法開啟。

我們還是帶牠去臺北找醫師，除了甲狀腺素需再補充外，多多竟然也出現貧血的問題。

我媽便開始每天將飼料泡軟，打開多多嘴巴一顆一顆餵食，三餐飼料外再加雞肉泥讓牠舔食，有時還細心餵蘋果泥讓牠打牙祭。

多多必須穿上尿布以解決無法排尿的問題，狗尿布實在太貴，媽媽便買了一堆兒童尿布（沒想到一隻小博美竟然要用到 XXL 的尺寸，爸爸說那是因為牠屁股太大了）。

醫生娘教我穿尿布的訣竅，先將尾巴部位剪一個洞，多多包上尿布後，將牠的尾巴拉出來，再將尿布包好。

自從幫狗狗穿尿布後，我深深感覺母狗比公狗好搞定。

公狗那一根小鳥在肚子中間，尿布都必須買到極大尺寸才能包住小鳥，問題是其他部分就呈現中空狀態，很像聖彼得教堂裡軍隊所穿的蓬蓬褲裝。

問題不是這樣就解決了，明明都黏好了，公狗一隨便移動，尿布又滑了下來，結果最後小鳥還是露在外面，尿都會噴出來，氣到真的想用強力膠帶把尿布黏在狗狗身上（最後理智戰勝了情緒，那會被告虐狗的）。

由此可證明，雌性的生理結構還是遠遠優於雄性。

媽媽怕多多躺著會生褥瘡，還挖空心思用比較細緻的洗衣網袋，套在圓形洗衣籃上，做成網狀嬰兒床，這樣多多躺著時，皮膚也可以透氣。

因為長期不能走路，多多連皮膚狀況也嚴重惡化，

醫生開給我們兩種軟膏，早晚各抹一種，每個禮拜，我和媽媽還必須用小臉盆，小心地幫如同癱瘓的多多洗澡，讓牠水療加強復健功能。

這種種繁雜的事項媽媽都毫無怨言地承擔下來。

我白天去上班，全靠媽媽照顧多多。

我一下班，媽媽開始料理晚餐，就換我接手照顧牠。

晚上我將多多放在我床邊睡覺時，可能因為皮膚癢，即使幫牠翻身，牠仍不停吠叫，無計可施的我只好任牠叫到累了睡著為止（就賭賭看是人還是狗先睡著）。

媽媽知道這情形後，擔心我隔天上班會精神不好，堅

持晚上她要和多多一起睡。

我雖然不願意，但也不想讓媽媽擔心我開車精神不濟，只好答應。

結果換媽媽每天睡不好。

我真的很難過，因為這樣使得媽媽身體變差。我決定使出殺手鐧，堅持將多多帶回我家睡覺。

每天一早，媽媽問我的第一個問題就是：「多多昨晚有沒有叫？」

我都跟她說多多睡得很香甜，其實牠叫了一整晚。

我好害怕哪一天會在家門口，遇見親愛可敬的警察北北，拿著噪音擾人的罰單，要索取我的簽名。

聽我這樣說之後，媽媽都用狐疑的眼光打量著我，但我大學時參加話劇社的潛能完全發揮無遺，最後終於讓她相信了。

媽媽從此可以好好睡覺。她每天抱著多多看晚間新聞，邊跟牠說：「阿嬤抱妳，妳要乖乖喔！」一邊輕輕撫摸牠。

多多總是半睜半閉著眼睛，吐著舌頭在阿嬤懷裡休息。

有一次朋友來我家，媽媽抱著多多前來，多多穿著狗狗衣服在媽媽臂彎裡坐得直挺挺地看著大家。

大家驚呼：「好像在抱寶寶喔！」

我問：「抱寶寶是怎樣抱？」

大家異口同聲地說：「就是像妳媽媽抱多多一樣啊！」

後來無論是出去玩，或是去動物醫院，我經常聽到旁邊的人這樣說。

我開始擔心，便經常對媽媽說：「多多已經老了，可能隨時會離開我們，你要有心理準備。」

媽媽都笑笑說：「我知道啦！」

然後又低頭撫摸著多多：「阿嬤惜惜喔。」

又有一次，我和爸媽出去玩時，一開車門，抱著多多的媽媽竟跌倒，但媽媽第一個動作是用手撐住地，以免撞擊到懷中的多多，所以雖然跌到在地，但多多毫髮無傷。

媽媽一直說：「好家在，多多嘸代技（沒事）。」

我看到這樣，眼淚不禁在眼眶裡打轉。

多多後來甚至出現反覆脫肛的情況，

媽媽每天都溫柔細心地將多多脫肛的部位仔細抹藥，以免感染，一邊心疼牠一定很不舒服。

脫肛好了之後，媽媽會鬆一口氣，但下一次又發作時，媽媽還是不辭辛勞地細心照顧多多。

某一天我下班回家時，媽媽正揮汗如雨地在廚房煎煮炒炸，她一看到我就叫：

「妳趕快去幫我看一下多多，我剛剛餵牠吃飯了。」

我正要去抱牠，卻發現和以往不太一樣，

以前一碰到牠，牠就會眼睛轉向你，盯著你瞧，

這次觸碰到牠，牠卻眼睛直愣愣地望著前方，一動也不動，

我一驚，立刻將牠抱起拼命搖牠。

「多多！多多！」

牠毫無反應……

我開始大哭：「多多死了啦！」

媽媽抓著鍋鏟衝出來：「啥米？啥米？」

我將頭埋在多多身上痛哭：「多多死了啦！」

媽媽愣在那裡：「那ㄟ尢內……」

但是菜正煮到一半，媽媽沒有辦法丟下一切來看多多，必須立刻奔回廚房炒菜（一家老小都等著吃飯），她一邊一哭邊煮，我則哭著將多多抱進媽媽房間。

我坐在木頭地板上，用毯子將牠包起來，抱著牠繼續哭。

過了好一陣子，媽媽煮好了，紅著眼進來房間，坐在我旁邊，媽媽伸出顫抖的手，跟我說：「給我看一下。」

我一把眼淚一把鼻涕地將多多抱給媽媽，媽媽抱著多多，一直凝視著死去的多多，不相信地一直晃著牠，發現多多真的沒有任何反應了。

媽媽開始掉淚，她抱著多多哭泣，喃喃地說：「多多不會死的，多多不會死……」

我輕撫著媽媽的肩膀，和她一起哭。

最後我離開房間，去準備紙箱，讓媽媽和多多獨處一段時間，我回頭望了一下，只看見她坐在地板上的背影微微彎曲，在她懷裡的，是她的乖孫女多多。

將多多放進鋪好毯子的紙箱，為牠穿上她最好的衣服之後，我們家每一個人都來跟牠道別。

大家輕輕撫著牠的身軀，媽媽一直坐在一旁，用圍裙靜靜拭淚。

我讓多多整夜聽著心靈音樂（為動物往生祈福的音樂），隔天一早我要將紙箱闔起來時，媽媽說：「再讓我看一眼。」

她不捨地看著多多，眼淚又落了下來。

隔天，我請了假，要陪媽媽出去走走。

在車上，媽媽對我說：「我現在終於了解狗狗死去時妳的心情。以前我都勸妳別為狗狗的死那麼悲傷。但等到自己遇到了，唉！我現在終於明白妳的心情了。」

我握著媽媽的手，兩人眼裡都噙滿了淚水。

媽媽低聲地說：「我一直以為，多多永遠不會死。」

她嘆了口氣，又說：「那一天牠走之前一定很不舒服，我還拼命塞飼料給牠吃，牠一定很痛苦。多多，阿嬤對不起妳！」

媽媽忍不住哭了起來。

我對媽媽說：「多多有妳，實在很幸福。牠之前的十年歲月，一定充滿磨難；但在我們家這八年，有妳當她阿嬤這樣疼牠，牠實在太幸福了！」

這些話並不能減少媽媽的悲傷，我心裡很明白，

失去就是這樣，旁人的言語無助於減少你的悲苦，

唯有時間能沖淡一切。

至少我能確定的是，多多帶著阿嬤對牠滿滿的愛離開世間。

之後的某一天夜晚，我夢見我有一個可愛的女兒，我深愛她並且抱著她。

那一刻，我知道，**她是我的多多！**

多多，

阿嬤很愛妳，

妳一定也知道。

有空到阿嬤的夢裡去給她惜惜吧！

對她大聲地說一句：

阿嬤，

有妳真好！

第十七部 Play 無盡的愛

（Endless Love）

第一代校狗是非常優秀的一群，

牠們原本都是流浪狗，在校長恩准之下成為校狗。

老大是小黃，排行第二的是妹妹，還有一隻地位卑微低下，只能躲在水溝的阿呆，有時外面還會來一隻來打游擊的阿花。

牠們每晚都會緊緊跟著警衛巡邏，非常神奇的是，牠們能分辨誰是學生或老師，如果是外來者，被鍊在狗屋中的牠們會一直吠叫，

學校因此安全許多。

學生在掃地時都會和校狗們玩，

他們尤其喜歡和小黃玩一種遊戲。

因為小黃很喜歡吃（可能以前當流浪狗餓到怕了），牠會每天努力地用鼻頭挖地，將肉和骨頭埋在土裡，等著美好時光來臨時才大快朵頤。

因此小黃永遠是一副灰鼻土臉的模樣。

學生都會努力將小黃挖的肉找出來，得意地用掃地夾拿給小黃看，

小黃會用「你饒了我吧！」的眼神哀怨地看著他們，再無奈地將肉叼走，找地方埋起來，他們每天都玩得高興不已。

校狗中小黃和妹妹年紀相當，後來為了爭奪地位，小黃好幾次攻擊乖巧的妹妹。

我們阻止多次都沒用，妹妹還嚇得跑去教室找我，

我憤而將小黃帶去動物醫院關禁閉。

打算關牠一個月，看回來會不會乖一些。

沒想到小黃竟從醫院落跑，從此下落不明。

我們都急壞了！

醫院在隔壁城鎮，小黃要怎麼找路回家呢？

我後悔不已，自責不該將小黃帶去動物醫院。

我每天對上蒼祈禱，但也深知希望渺茫。

一個月後，學校替代役男收假回來時，跟我們說他在鄰鎮的一間商店門口看到小黃，但因為坐公車無法帶狗，又沒有我們的電話，無法通知我們。

我頓時心急如焚，希望小黃還在那商店門口，但萬一牠跑走怎麼辦？

我想到萬一要追牠時汽車不夠機動，因此一下班立刻騎著摩托車衝到那間商店。

果然，遠遠地在視線所及之處，我看到小黃那肥胖的朦朧身影，孤單沒落垂頭喪氣地走著。

我在安全帽罩下，淚眼婆娑地呼喊著：「小黃！」

小黃耳朵頓時豎起，四處尋找聲音來源。

我又哽咽地喊：「小黃！」

小黃終於發現我了，即使我戴著安全帽牠也認得出來。

牠飛也似地開心衝過來，我蹲在地上，展開雙臂迎接牠。

小黃一頭撞進我的懷抱，頓時我們人狗抱在一起痛哭失聲（我不是要搞煽情，可是事實就是如此）。

我趕緊打電話叫爸爸開車過來，幫我載小黃回學校。

爸爸立刻開車來了。

為了保護他的愛車，他準備了一張大約B4大小的紙板，要讓小黃坐在上面，以免弄髒了車子坐墊。

但當爸爸看到小黃多年來因為吃營養午餐而造就的肥壯臀部之後，頹喪地發現那張紙板只夠墊牠一半的屁股。

爸爸，你真是低估了小黃的實力，老大的稱號豈是浪得虛名？

小黃回去之後，還是常跟妹妹起衝突。

我只好去買二十四小時播放的唱佛機，每天都放在狗屋旁，希望可以將牠們潛移默化，減少暴戾之氣。同事看到狗屋旁兩隻狗邊睡邊聽「南無阿彌陀佛」，都笑翻肚皮。

後來小黃逐漸變老，體力也變差，就不再那麼強勢。一次重病後，就在醫院去世了。

過幾年阿呆也去世，學校的第一代校狗只剩妹妹了。

妹妹是學校裡脾氣最好的一隻狗，牠十分乖巧，惹人疼愛。

最明顯的例子，就是有一次我在幫牠剪毛時，因為尾巴打結太嚴重，推刀推不動，我改用剪刀剪，一時不察，下手太重，竟把妹妹尾巴剪掉一塊肉！

牠當場尖叫而且血流如注，我也嚇到渾身發軟。

幸好一位男同事趕緊替牠止血，我則立刻幫牠粗略包

紮後緊急將牠送醫。

想到那個景象，至今仍是渾身發毛。

通常在這種情況下，狗狗會痛到反咬主人，或以後看到你就像看到鬼一樣，頓時嚇得逃之夭夭。

但妹妹完全沒有，牠那時完全沒有咬我，只是默默低著頭，

事後仍是一看到我就開心地跑向我，

所以牠真的是一隻非常溫柔乖巧的狗呀！

後來牠身體一直不好，皮膚經常出狀況，醫生說那是陽光過敏症。

牠的眼睛、聽力也退化，醫生告訴我，牠不能再待在外面的環境。

也就是說妹妹不能繼續養在校園裡，必須待在室內養老，否則牠的皮膚將因陽光過敏症而惡化潰爛。

我幾經思量，決定將妹妹帶回家裡照顧。

但我去學校上班時，妹妹竟在我家鬼哭神號一整天。（我回家後，住在對面的爸

媽告訴我。）

為了避免鄰居抗議，我只好帶著妹妹上下班。

每天帶牠去學校，下班時帶牠回家，

我終於見識到牠有多麼抗拒回家。

下班時，我必須死拖活拉才能將牠帶上車，牠一上車就是拼命皮皮剉。一大早時要去學校時，牠則是迫不及待飛也似地跳上車，在車內還是一路皮皮挫，直到快到學校時就不發抖了。

於是我倆開始長達兩年的溫馨接送情。

上班時妹妹會偷偷到辦公室找我，

我會將牠趕出去，因為我很擔心有些同事不能接受狗在辦公室。

但神奇的是，妹妹就這樣一天一小時，第二天兩小時，到最後竟然是逐漸整天待在二樓辦公室、我桌旁的小角落偷偷睡覺。

可能因為我的辦公桌在最角落，大家也就視而不見。

更神奇的是隔一年我被迫搬到三樓辦公室，但妹妹堅持待在二樓，牠就這樣繼續待在角落睡覺，竟也沒有人趕牠走。

隔年我又搬回二樓辦公室，辦公桌位置移動了，但妹妹不要待在我新的位置旁邊，仍舊不捨地留在原地，每天睡牠的大頭覺。

每一節下課，都會有不同的學生前來撫摸牠。

我們還親眼見識，有女生一把眼淚一把鼻涕地摸著妹妹，低聲訴說心事，牠儼然成了心理輔導老師。

妹妹就這樣偷渡成功。

每天牠最開心的時間就是中午。

我會將營養午餐的雞腿撕成片片肉絲，用熱水洗過，去油去鹽，然後拌著泡軟的狗飼料餵牠吃。

這麼複雜的程序是因為只有狗飼料牠是不吃的，如果飼料沒泡軟，牠就會把飼料一顆一顆的撿出來只吃肉，因此要泡軟的飼料和肉「國歸嘓」（混在一起），牠才會乖乖吃乾淨。

妹妹會自己下樓去大小便，因此在樓下校園裡常會看到牠穿著阿瑛特別買給牠的小蜜蜂裝的快樂身影。

時光流逝，牠的身體日漸衰弱，多次進出醫院。每一次看到牠吊著點滴，窩在籠子裡的痛苦模樣，我都希望牠能解脫。但妹妹仍是頑強地活下來。

此時我面臨很大的壓力，必須支付妹妹進出醫院多次的治療費用。真的很感謝許多同事都會固定出資幫助我，但狗狗沒有健保，醫療費用驚人，實在是入不敷出。

為此我寫了一封募款信給同事。

硬著頭皮說我真的很不好意思，每次在出現車禍重傷狗狗時，同事就會出錢捐助我們手術費，再加上他們也都會固定幫忙，而且大家願意讓妹妹待在辦公室，而不是在外面風吹雨打度過晚年，我真的是跪地叩首表達感激都不夠了，竟又要厚著臉皮跟大家募款，可是我真的沒有辦法。

那一封不要臉的募款信如下：

親愛的同仁大家好：

首先，我真的誠心感謝大家將我們學校塑造成一個溫暖的環境。同仁們對植物的悉心照顧，對動物的溫暖體貼，是對學生以身作則的最佳榜樣！

我們的孩子們也都對大自然很友善，每次都抓著受傷的各種奇怪生物向老師求救（例如蝙蝠、五色鳥、八色鳥、白頭翁、綠繡眼、斑鳩、小貓、小狗等，後面這兩種最令人頭痛）。

也感謝大家的包容，讓校狗妹妹一直安居在辦公室。

妹妹是碩果僅存的第一代校狗，

她大概民國八十五年就在學校了。

之前她和小黃、阿呆每晚都跟在警衛和替代役後面認真巡守校園，還三不五時幫校園抓老鼠和蛇，可說是立下了不少汗馬功勞。

我記得其中一位替代役曾說過，有時自己一個守在校園宿舍會很害怕，但想到狗狗們都在宿舍門口守著他就會感到很安心。

但狗狗們逐漸老去，

小黃、阿花、阿呆相繼離開人世，妹妹也身體日漸變差，經常喘氣，醫生說牠不能再待在室外的環境了。

因此我只好晚上帶牠回家，白天再帶牠來學校，晚上把牠留在學校很危險，因為牠已經耳不聰目不明了。

就是因為這樣牠才會逐漸登堂入室（辦公室）。

感謝大家都能默默容忍，除了老鼠之外，還有一隻狗在辦公室。

妹妹就這樣在辦公室安居樂業，經常有心情苦悶的學生找牠訴苦，摸著牠，他們似乎就感覺好多了。還有很多愛狗的小朋友會經常來找牠，打掃辦公室的小朋友會捨不得叫牠起來，因此就用抹布在牠身邊拖出一個狗形，就算交差了事。

但最近妹妹身體越來越差，前兩個禮拜，牠吐到不行，又嚴重腹瀉，我趕緊載牠去臺中的動物醫院急診，醫院要我們做好心理準備。

但也許妹妹捨不得放下學校的幸福生活，牠頑強地活了下來。醫生說牠今後恐怕會經常出入醫院，我發現大家捐贈的校狗基金會不敷使用，因為我們的校狗基金所剩不多，而這次妹妹住院就花了一萬多，醫院已經給我們折扣了，而學校又經常會有流浪狗進入，上次就來了一隻奄奄一息罹患重病的狗，只好麻煩阿瑛載去診治，費用多達八千，我還沒支付給醫院，因此我和阿瑛商量，希望能在同仁間發起妹妹醫療基金的募捐，如果願意幫助妹妹的話，可以將費用交給阿瑛或我。

真的衷心感謝大家對這些流浪動物的慷慨相助。感激不盡！

我將妹妹的住院費用收據詳列如下。

此信一出，大家熱烈捐款，我感動到無法用言語形容的地步，雖然暫時解決經濟的問題，妹妹的照顧卻也是一大難題。

牠拖著病體時好時壞，我不知道牠的體力後來變

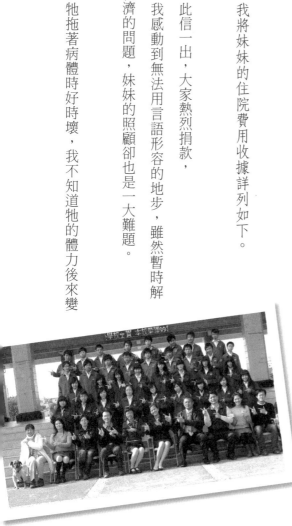

得那麼糟。

那一天我急著回家，便在二樓拉牠下樓。

但牠慢吞吞的，我一急就用力拉，

沒想到牠竟跌了下來，接著竟癲癇發作，屎尿齊噴，口沫滴流，在地上劇烈抖動。

我嚇壞了，抱著牠不知所措，

幾位同事趕快來幫我。

在牠比較安定之後，同事協助我將牠抱上車，還幫我清理善後。

在此我真的還是要深深感謝同事W和L。

那一天如果沒有他們願意幫我，只怕我一人根本無法應付。

我立刻帶妹妹去看醫生，醫生說先暫時用藥物壓制住癲癇的狀況。

但從此牠便三不五時發作，痛苦不堪。

在牠越來越虛弱後，已經無法自己跳上車子，上班成了我一大挑戰，除了拿著大包小包，還得將妹妹扛上車。

一到學校，又得將牠扛下車，並抱上二樓辦公室。

晴天還好，

若遇到雨天我就很頭大。

因為我家沒有車庫，車子都停在路邊，

一旦下雨，我真的不知該如何把妹妹抱上車？

爸媽已年邁，我怎麼可能在一大早把對面的老人家挖起來幫我？萬一一急跌倒了該怎麼辦？

但我知道妹妹一心一意只想去學校，我若將牠留在家裡，牠會焦躁不安。

所以我都是硬撐著頭皮幫妹妹披上雨衣，在雨中將牠抱上車。

我最害怕的是萬一牠在上班途中癲癇發作怎麼辦？

最慘的一次是某個下雨天，牠在我上班途中竟然腹瀉！

我趕緊將牠抱下車，讓牠先在雨中上廁所，再開車折返家，將牠和我洗乾淨並吹乾，還要清理車上的排泄物，才

能再去上班（後來來不及，只好補請假）。

那種時間壓力和不知何時會有突發狀況的恐懼，讓我身心受盡折磨。

到了學校又是一大挑戰！

我必須將牠抱上二樓，在固定的下課時間又必須將牠抱至樓下上廁所。

上課期間，我都很害怕隨時會有人來通知我：「妹妹癲癇發作了！妳趕快去處理。」

那種無形的壓力隨時壓榨我，我好希望能從這種痛苦的日子裡解脫。

我甚至會悲傷地對妹妹說：「妳為什麼要堅持活下去呢？為什麼要讓自己受這種苦？也讓我痛苦不堪呢？」

沒有答案，

只有一波波罪惡感不斷襲來。

面對牠的乖巧，我痛恨自己沒有耐心與天良，竟會出現這種惡毒的想法。

在自責與焦慮的雙重壓力下，我只能默默承受漫長的折磨。

我無法對任何人訴說我的痛苦，因為未曾經歷過長期照護痛苦的人，會冷漠地看著你並指責：「你太沒有耐心和愛心了！」

或者是他們也愛莫能助，只能同情地看著你。

對此，我看到因為長期照護而家庭破碎的新聞時，感觸特別深，他們的痛苦比我還多上百倍呀！

因為他們面對的是自己的親人，那是更大更深的道德責任與社會輿論的壓力，我們到底該如何去處理及面對照護的問題？

該怎麼做才對得起自己的良心，又不會在經濟及體力上不堪負荷壓垮自己？

這些我都沒有答案。

後來壯碩的男同事L自願幫我抱妹妹下樓，我真的是感激不盡，

另一位同事告訴我更讓我感動的事。

有一天妹妹走到全校最頑劣的一班走廊時，突然癲癇發作，

任課老師還來不及反應，平時最調皮的一位學生已經衝出去，立刻將牠的屎尿細

心地清理乾淨，另一位則出去幫忙看護著妹妹。

在老師還未開口時，他們主動出去幫助妹妹，而且完全不在乎屎尿沾到他們身上，任課老師感動極了，立刻告訴我這些事情。

我聽了不禁眼眶含淚感動不已。

後來，這一班的孩子都會主動抱妹妹下樓去尿尿，並耐心地在一旁等牠尿完後，再抱牠上來。

他們犧牲了最寶貴的下課時間，只為了一隻老狗，

我還能說什麼呢？

孩子是不能用簡單的表象下定論的啊！

他們總是會在你對他們失望時，又做出連有些大人都做不到的善舉，

謝謝你們，真的讓我上了人生最寶貴的一課。

但我最大的噩夢來了，妹妹後來的癲癇症狀嚴重到連藥物都壓不住，

我一直考慮要將牠安樂死讓牠解脫，

可是牠旺盛的食慾卻讓我無法做出決定，

牠發作時的痛苦與日俱增，到後來甚至會尖叫！

我越來越擔心受怕，那時真的好希望能夠和狗狗對話，如果能親口問牠，就可以讓牠自己做決定，而不是將做決定的重責大任轉移到我身上，讓我備受煎熬，又一輩子質疑自己做的決定是不是牠需要的。

雪上加霜的是，我必須要帶班級去畢業旅行三天，那妹妹要怎麼辦？

最後阿瑛一肩扛下照顧牠的重任。

但她因為家裡太多狗了，無法帶妹妹回家，因此那三天，一下班她立刻載妹妹至動物醫院，一大早又去動物醫院載牠來學校，

因為我們知道妹妹隨時會走，不想讓牠孤單地死在醫院，

下課時學生則幫忙抱妹妹到樓下上廁所。

在妹妹和學生的幫助下，三天平安度過，我鬆了一口氣接牠回家。

但那時牠精神已經很差。

我看著牠睡著後才上樓。

半夜時，我竟聽到牠的淒厲尖叫聲，

我倏地驚醒！

接著又聽到家具的劇烈碰撞聲，

我衝到樓下一看，

妹妹癲癇又發作，痛苦到牠四處橫衝直撞，家具因此被撞倒，

我痛哭失聲抱住牠大喊：「夠了！我不要讓妳再受苦了！」

我一邊抱著發抖的牠，一邊痛哭打電話給獸醫。

我求他讓妹妹安樂死、讓牠解脫，

獸醫答應我，特地在半夜打開醫院等我。

我將妹妹載過去，醫生出來幫我從車裡抱出牠，並將牠扛上診療臺。

怕牠冷，我在診療臺上鋪著一塊布，牠幾乎癱軟地躺在上面，

望著奄奄一息的牠，我的眼淚忍不住噗簌滾落。

醫生在準備針劑的同時，我們餵牠吃最後一頓大餐。

妹妹仍有食慾，這一點讓我下決定時特別痛苦，
但我知道，牠的癲癇已經壓不住了，牠也快站不起來，生活品質惡劣到了極點，
為了減緩自己的悲痛，我故作輕鬆地和醫生聊天。
但醫生認真地對我說：「噓……這是一個屬於牠的神聖時刻，讓我們保持安靜。」
我頓時內心一股極度的悲傷湧上來。
醫生邊溫柔地撫摸著牠，一邊念著大悲咒。
當醫生將針劑注入牠身體的那一刻，
我再也無法壓抑了，
頓時淚如泉湧，
我輕輕撫摸著妹妹，看著牠的呼吸慢慢減緩，到最後完全平靜。
我和醫生在半夜時分，靜靜地送牠離開。

我一直沒有跟同事說明妹妹的事，我怕自己一說出來就會哽咽失態。
同事們有人注意到妹妹沒有在學校出現，但沒有人問我，
直到我寫了篇文章，告知大家妹妹的事。

＊＊＊＊＊＊＊＊＊＊＊＊＊＊＊＊＊＊

這個月要跟大家說一個消息，那就是我們乖巧的妹妹，已經在六月三日回到了彩虹那一端的天堂。
妹妹晚年的時候，因為腎臟的問題，多次出入醫院。
第一次進入臺中的醫院時，我以為那次妹妹會走，
但妹妹是我看過最有生命力的狗，牠撐過來了。
我想妹妹應該是太愛學校了！
這份對學校的愛，讓牠撐下來。
那麼多老師關心牠，疼愛牠。

學生們也總是下課撫摸牠，即使是掃地也體貼地從不驚動睡著的牠。

三年級的同學都很愛妹妹，尤其是三年X班，還和妹妹一起拍團體照，我想這是我們學校有史以來第一張有狗狗的畢業團體照。

妹妹因為腎臟的問題，後來引起發癲癇。

每次發作的時候，都好痛苦，到後來都無法上下樓梯，經常忍不住尿在三年〇班的走廊。

他們從沒抱怨或責罵牠。

曾經有一次妹妹在他們走廊癲癇發作，大小便失禁。

陳同學馬上拿著衛生紙幫忙處理。

後來另一位同學阿輝也會把妹妹抱下去尿尿，還會等牠尿完再抱上來。

畢旅那三天他們知道我不在，因此每節下課都來看看牠或摸摸牠。

同事L也都會幫我抱妹妹到車上。

三年X班的同學因為妹妹身上沾有糞尿，在六月三日星期五，把妹妹抱上洗手臺，用飲水機的熱水幫牠洗了一個溫水澡。

那時妹妹已經站不起來了，所以他們一路扶著牠洗澡。

那天晚上妹妹就走了，

我特別感謝他們，因為妹妹走的時候，身上是乾乾淨淨，香噴噴的，而不是沾滿了穢物。

這麼多滿滿的愛，妹妹實在太幸福了！

哪一隻狗可以在辦公室悠哉地睡覺呢？

可以被這麼多的愛包圍呢？

雖然想到這裡我仍會掉淚，但我為牠可以擺脫肉體的痛苦替牠高興。

而且在最後一週，我們讓妹妹高高興興地吃了許多之前被忌口的肉，牠一定很開心。

妹妹太愛學校了，所以我將妹妹的骨灰埋在校園，和阿呆葬在一起。

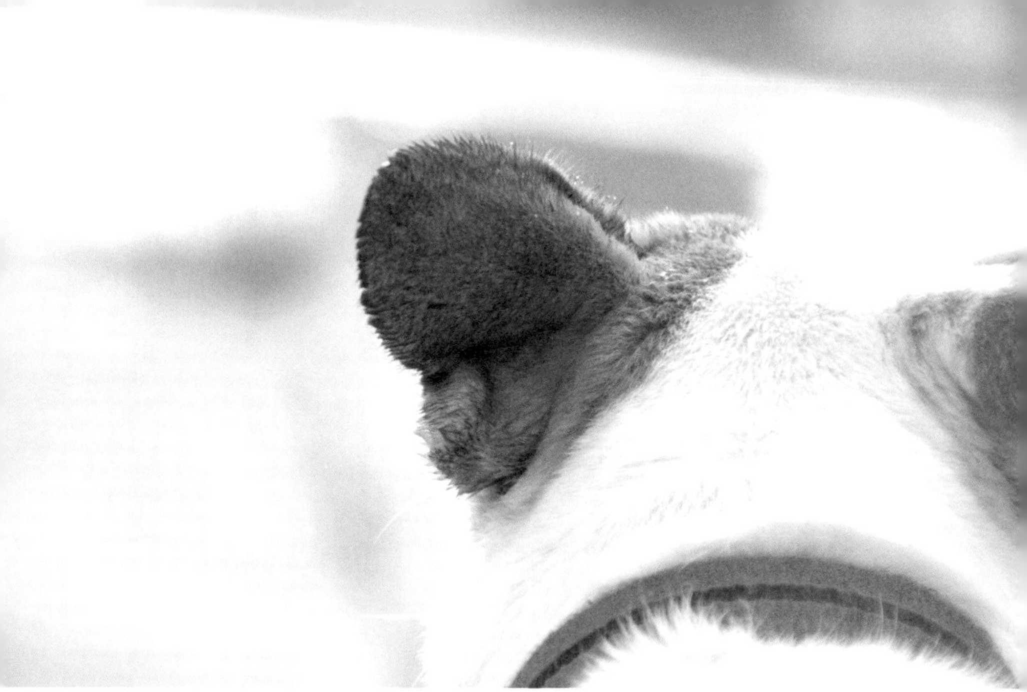

我相信妹妹現在和阿呆在一起，
牠們兩個好朋友終於重逢，
正在天堂彩虹的那端快樂地奔跑著！

感謝大家對妹妹的包容及關愛，
妹妹在天堂會守護大家，
牠永遠不會忘記學校給牠滿滿的愛，
謝謝大家！

＊＊＊＊＊＊＊＊＊＊＊＊＊＊＊＊

因為我曾經答應妹妹，一定要讓牠回到校園，因此妹妹採用單獨火化。

單獨火化比較貴，為此同事還捐錢給我，

這又讓我哭了一回。

將妹妹的骨灰拿回來後，我把我們班每天都在睡大頭覺，但是很愛狗的大皮蛋在午休時叫醒。

他本來陷入昏睡，正要為此發脾氣時，我跟他說：「走吧！幫老師把妹妹埋在阿呆旁邊。」

他聽完後默默拿著鏟子，跟著我走至校園。

另一個皮蛋也跟著來了，

我們靜靜地將妹妹埋在阿呆旁邊。

兩個孩子什麼也沒說，只是專心用鏟子將洞挖深。

那一個夏日午後，在溫暖濕熱的微風輕輕吹拂下，我和兩個充滿愛的孩子，將妹妹葬在美麗的校園裡。

或許是因為我太自責，妹妹至今未曾入我的夢。

但我每天回家，望著牠每天躺著、如今空蕩蕩的廚房，就會覺得自己好像又看到了牠那乖巧的身影，抬起頭來用著無辜的表情溫柔地看著我。

幾天後，一位相當桀傲不馴，但經常照顧妹妹的學生問我：「老師，妹妹死了對不對？」

另一位老師問他：「你怎麼知道？」

「因為我有夢見牠。」

我聽了很感慨。

我認為在學生的校園歲月中，妹妹會是他們人生中一份重要的回憶。

牠對學校師生的愛，不因肉體的死亡而消失。

這一份愛，是無盡的，永遠長存在我們師生的內心最深處！

妹妹，妳說對不對？

第十八部 Play 將愛傳出去

（Pay it Forward）

最後，我要寫下最難以下筆的一章，也就是和嘟嘟告別的一章。

在要寫下牠生病時的悲慘時光之前，我還是不自覺地想起許多快樂的回憶。

嘟嘟一被我抱在懷裡就完全不會動，呈現「螳螂嘟」的狀態，頭還自然地往後垂。

我抱著嘟嘟逛百貨公司時，常聽到身邊有窸窸窣窣的聲音在討論。

「那是真的嗎？」

「是玩具熊吧！」

「你去看看吧！」

接著我就會感覺到有人接近我，等到嘟嘟轉動眼睛注視他們時，就會聽見大驚小怪的喊叫聲：「是真的狗耶！」

有一次和同事小燕去逛街時，沿途此起彼落都是這種小小的驚呼聲。小燕不禁說實在很不習慣這樣一直被投以好奇詭異的眼光。我倒沾沾自喜，託嘟嘟的福，不然像我們這種平凡人怎麼會引起別人注意（實在太虛榮了）。

嘟嘟天生後腳畸形，所以雖然有時後肢可以站，但姿勢和其他狗不同，什麼怪異姿態都有，常引起人家誤會。

例如有一次，我把牠放在地上，馬上聽到有人在後面說：「你看！這隻狗狗好厲害喔！後腳會交叉，好像在跳芭蕾舞。」

害我哭笑不得。

牠也經常鬧笑話，我懷疑牠嗅覺不好，在百貨公司家庭飾品部，竟對著嘴裡啣著煤燈的拉不拉多陶瓷像，做出前進後退的攻擊姿勢，還發出呼呼的低吼聲，讓一旁的群眾笑翻！

我每次和朋友見面，一定會帶著嘟嘟和牠的專屬坐墊。

因此嘟嘟和大家都很熟稔，甚至可以說，嘟嘟是我和大學朋友之間的重要連結，一段共有的回憶。

而且我的朋友們吐槽我，說我每次對他們講話的語氣都很直接兇悍，可是轉頭對嘟嘟講話的語氣就變得輕聲細語，怎麼差那麼多？

呃，

有嗎？

我自己竟沒注意到耶！

嘟嘟一生得過三次重病，還經歷多次劫難。

第一次是嘟嘟被嗶寶咬傷的慘痛經歷；

第二次是骨刺發作導致癱瘓；

第三次是我從澳洲求學回來後，牠因為肝炎一直發燒，治療好一陣子才好轉；有一次，我一時不察讓牠偷吃到路邊雞骨，結果哽住，完全無法進食，醫生說這樣下去會衰竭死亡。

那時只有某一間醫院有內視鏡，我和爸爸火速駛到臺灣南端的動物醫院。醫生用內視鏡仔細檢查之後，說嘟嘟運氣很好，因為骨頭哽在胃和食道之間。他說若哽在食道，就必須開刀，但因為在食道和胃的交接處，只要用力將骨頭往下推進胃裡，就可以消化了。

我鬆了一口氣，牠又再次化險為夷度過劫難。

另一次更讓我耿耿於懷，我只是抱著嘟嘟在動物醫院聊天，牠乖乖躺在我懷裡，客人的臘腸狗卻無預警跳起來，將嘟嘟一口咬住拼命亂甩。

嘟嘟發出淒厲慘叫！

我嚇呆了，趕緊將牠救出，結果牠又病了好一陣子。

現在回想到那畫面，我都心如刀割，但這些嘟嘟都撐下來了。

二〇〇三年，嘟嘟又重病了。

牠的腎出問題，嚴重到急速暴瘦。

我必須每天拿針回來為牠注射藥物，還細心餵食處方飼料。

那時我不知道嘟嘟會不會因此離開我，晚上抱著牠睡覺時，我雙眼含淚凝視著牠說：「嘟嘟，你還能陪我多久？」

當晚，夢中一個聲音，清楚地跟我說：

五年。

五年之後，二〇〇八年，嘟嘟真的就去當小天使了。

二〇〇三年恢復健康之後，嘟嘟又開始牠快樂的生活，並且維持了好長一段時間。

但逐漸老邁且生過病的牠越來越瘦，皮膚的老人斑也如同雨後春筍般冒出來。

除了頭很可愛之外，其他的地方看起來實在很淒慘（可是我真的有很努力照顧牠！）。

有一次我和爸媽去屏東找學長 Eltoned（叫他 Eltoned 是因為他本來為自己取名 Elton，大家都叫習慣了，他卻又要改名叫 Jason，大家改不過來，只好叫他 Eltoned，就是過去式的意思），當地的原住民小孩好奇地看著嘟嘟。

我好為人師的職業病又發作，努力解釋嘟嘟是流浪狗，所以我們要同情流浪狗云云。

才說到一半，他們一本正經地指著嘟嘟的身軀說：「妳怎麼把他照顧得那麼糟呀！妳要好好照顧啦！我們的狗都不會這樣。」

唉！

真是百口莫辯。

要知道嘟嘟那時已經十六歲了，接近狗瑞了耶！

後來出去玩時，爸爸都堅持我一定要幫嘟嘟穿上最可

愛的獅子裝，

免得又被人誤以為我們是虐狗集團。

有一次，我抱著嘟嘟去動物醫院檢查時，看到籠子裡有一隻和嘟嘟一樣悽慘的小型犬，渾身無毛（嘟嘟之所以長不出毛，是得了一種博美常有的疾病），只有頭頂有毛。而且全身皮膚和嘟嘟一樣是老人斑的灰色，還長滿和嘟嘟一樣的老人斑。

我不禁一掬同情之淚，感傷地對醫生說：「醫生，這隻流浪狗是誰撿的？真慘。這麼老了，皮膚那麼糟，怎麼認養出去？」

醫生瞪大眼睛看著我說：「小姐，那是一隻二十幾萬的名犬，中國冠毛犬耶！是一位貴婦出國，先暫時將牠放在動物醫院，妳有沒有搞錯？」

呃？

這是名犬？

我望了一下那隻名犬，再看了一下我懷裡的嘟嘟，

還是很難理解，人類對美的概念到底是什麼。

二○○七年，嘟嘟再次重病，在醫院裡躺了一段長時間，每天抽血，打點滴，吃藥，該下降的指數都沒有下降，

每次去看牠，牠都奄奄一息，我知道牠快不行了，每次都將牠抱在懷裡，喃喃地安慰牠。

我不忍心牠一直受苦，多次要求獸醫讓牠好走，但獸醫堅持嘟嘟還有救。

我每次都一把眼淚，一把鼻涕地去看牠，抱牠，陪著牠，等到醫院要關門了，我才帶著一顆破碎悲傷的心回家。

有次我去醫院時，問護士嘟嘟有沒有腹瀉，他們說沒有，嘟嘟進步了，我頓時開心不已。

後來才知道，護士長要小護士瞞著我嘟嘟仍然腹瀉的事實，不然我又會開始哭。

那一天我又去看嘟嘟，牠虛弱地躺在我懷裡，眼睛幾乎都沒張開，

我知道牠快走了，我希望牠能跟所有疼愛過牠的人好好道別。

爸媽家人常來醫院為牠打氣，他們也都做好心理準備。

但嘟嘟還沒有跟我大學的好友們，也是牠的好朋友們 Josy、Etoned 道別，那時他們一群人正在大陸東北自助旅行。

我打了國際電話，撥通他們的手機，哽咽地跟他們說：「嘟嘟快走了，你們要不要跟牠說一些話？」

當時他們正在搭計程車，坐在車上，聽到我那悲傷的訊息，大家哀嘆一聲，便一個一個接過手機和嘟嘟話別。

我邊哭邊把手機放在嘟嘟耳旁。

Josy 溫柔地說：「嘟嘟，一路好走，我們都好愛你！好好地走吧！別擔心你的媽媽，我們會好好地照顧她。」說到這裡她也開始哽咽，便把手機傳給 Eltoned。

Eltoned 接過手機說：「嘟嘟，我們都會記得你的，一路好走。」

而我已經在手機的另一頭泣不成聲。

但後來戲劇化的發展，嘟嘟又撐了下來。

Josy 他們一回國就趕快來安慰我。

但當知道嘟嘟還在時，他們臉色整個垮下來，

因為當天在他們和嘟嘟通完話後，整個計程車內的氣氛急速沉了下來，

沉重的氛圍讓車內寂靜無聲，只略微傳來隱隱的啜泣聲，

計程車司機最後打破沉默，吶吶地問了一句：「嘟嘟，是什麼人呀？」（我覺得司機大概被嚇到了。）

Josy他們被我搞得玩性大減，結果回國後卻看到我抱著嘟嘟開心地跟他們吃飯，真是不知該高興還是該生氣。

別這樣嘛！

那時我真的很感動，我相信嘟嘟一定也很感動，

謝謝你們的關心與愛，嘟嘟又堅強地活下來了。

Josy他們不禁感嘆了一句：「嘟嘟真是我看過最神奇的狗了！」

在嘟嘟幸運活下來之後，我又想起夢中的訊息，我隱隱知道，嘟嘟在爭取和我相處的最後一段時間。

從此我每個周末都帶著爸媽和狗狗們遊山玩水。

除了田園咖啡屋，我們還去大雪山。

我在爭取能和牠相處的每一分鐘。

每到一個地方，我都告訴嘟嘟，這就是我要帶牠來看的美景，希望能永存在牠心中。

其實，在二〇〇〇年之前，我就曾將嘟嘟偷藏在行李袋，和爸爸、大哥一起去環島。

我帶嘟嘟去花蓮七星潭，那是嘟嘟第一次看到太平洋。

我撐著一把紅傘，坐在海邊，將嘟嘟放在我膝蓋上，在艷陽高照的夏日午後，就這樣一人一狗悠閒看海。

我開心地跟牠說：「嘟嘟，這是你第一次看到海，而且是媽媽陪著你一起看海呢！你高不高興？」

我要求老爸幫我們拍一張「看海的日子」的照片，

幾乎不拿相機的爸爸在我「專業」的指示下亂拍一通。

沒想到許多人看了照片都驚呼拍得真好！紅傘、藍天和碧海，顏色搭配得真好，是藝術之作，不知道的人還以為是名家所拍，讓老爸得意許久。

那一次我還帶著嘟嘟去關山騎腳踏車看日落，我希望能和牠共享所有美景。

最後一年，我們甚至開車載著狗狗去旅行，投宿狗狗可以住的民宿，爭取最後的甜美回憶。

唯一遺憾的是，我不能帶嘟嘟和多多看遍外國美景。

醫生要求我，要定期帶著嘟嘟去抽血檢驗，以控制指數。

但當我每次看到牠那皺巴巴又乾癟的皮膚，還要被無情的針頭穿刺抽血時，我的心也在淌血。

我常捫心自問，如果是我，我願意承受這樣的痛苦嗎？

在二〇〇八年八月，老馬爾濟斯 Mickey 突然不舒服，進醫院一天後就尿毒症去世了。

牠走得太突然，讓我既震驚又後悔。

如果知道那一天牠要走，我一定會在前一個禮拜就讓牠吃遍牠想要享受的美食，而不是為了健康理由讓牠忌口。

這樣忌口卻還是走得那麼突然，在最後一刻都不能享受，這麼做有任何意義嗎？

我望著嘟嘟，不知死亡何時會降臨在牠身上，如果這樣虛弱地活著，只能一直吃著難吃的處方飼料，什麼美食都不能入口，還有什麼生活品質？

我不要牠像 Mickey 一樣，我也不想再後悔一次。

因此我開始讓嘟嘟吃所有牠想吃的食物，

我很明白這樣做的後果，

因此我又帶了嘟嘟和朋友們見面，我跟他們說，這一次真的要好好道別了。

但嘟嘟吃了美食之後，精神反而特別好，而且每天都很開心，讓我又抱著一線希望。

二〇〇八年九月六日早上，嘟嘟還十分有精神地吠叫，我便餵牠吃了一些牠愛吃的雞肉絲。

但到了晚上，牠開始急速腹瀉，而且是最恐怖的噴式水瀉，

我內心一股沉重的悲傷感襲來，我知道時間終於到了。

我將嘟嘟擦拭乾淨，穿上尿布，放在多多身邊，讓牠倆享受這最後一刻的相依。

然後我抱著嘟嘟，一再跟牠訴說，我深深愛著牠，要牠放心離去，然後和媽媽帶牠去醫院。

不知為何，嘟嘟雖然腹瀉，但眼神仍晶亮無比，炯炯有神地一直望著媽媽和我。

因此媽媽始終覺得還有一絲希望。

醫生知道我餵嘟嘟吃美食後把我痛罵了一頓。

可是，我不後悔，對我而言，生活的品質遠遠大於苟延殘喘地活著。

當醫生看到嘟嘟炯亮的眼神，也覺得應該還有救。

人就是很矛盾，聽到他這麼說，我竟又燃起希望之火，鬆了一口氣。

那一天是禮拜六的晚上，我對著在籠子內打點滴的嘟嘟說：「你要加油！明天星期天醫院休診，所以媽媽禮拜一來接你喔！」

嘟嘟在籠子內，用力抬起前半身，凝視著我。

我永遠忘不了嘟嘟的眼神，

永遠也忘不了。

星期天，我深信嘟嘟還有救，所以很平靜地過了一天。

星期一趕著上班，直到下班時才打電話至醫院，護士跟我說，嘟嘟約在9月7日深夜、9月8日的凌晨去世，他們也不清楚詳細時間，因為他們一早來才發現牠走了。

我神情恍惚，放下電話，木然地拿出嘟嘟最好看的夏衣，騎車去動物醫院。

我將衣服交給護士，忍不住淚如雨下，請他們幫嘟嘟穿上衣服。

他們不懂我為什麼不見牠最後一面，我低聲說：「不要讓我看到牠，求求你們，因為我不想看見嘟嘟死去的痛苦模樣。」

我要在心中保留牠生前最美好的形象，

我跟護士說，讓牠團體火化，希望牠回到大海。

嘟嘟是屬於大自然的，我不要將牠的骨灰留在我的花園。

因為我要牠出去看看這個世界，從此自由飛翔！

說完這些，我便頭也不回地離開醫院了。

之後，我每天騎著腳踏車去上班。
我一邊騎一邊哭，一路哭個五十分鐘，就到學校了，
洗洗臉繼續上班。
回家時再繼續一邊騎一邊哭五十分鐘。
我就這樣度過失去嘟嘟的生活。

9月27日的夜晚，我做了一個夢。
夢中，我一如往昔抱著嘟嘟。
當再度感受到牠那小小身軀及牠軀體傳來的溫暖時，我忍不住淚流滿面。
我將自己的頭摩擦著嘟嘟弱小畸形的身軀，
心裡不停想著：

能夠重溫舊夢，
真好！

真的好幸福！

當我醒來時，查覺到那只是一場夢，強大的空虛感頓時像海浪一般襲來。嘟嘟不在身邊，什麼都沒有，只有我自己在闇黑寂靜的房間內孤單的感傷著。

隔天晚上有教師節的聚餐，我本來不想參加，但不知為何，想想也沒事，就和同事一起去了。一如往常的吃完一頓飯後，我和同事步出餐廳，卻在停車場看到一個小小的身軀一晃即過，我立刻前去查看，發現一個黑黑的小身軀，在摩托車和腳踏車後面發抖。

我直覺是小型犬，便用力將牠拖出來，

拖出來的那一刻我整個愣住了。

和嘟嘟一模一樣的棕色博美！

怎麼會？

我趕緊將牠抱出，

牠一直發抖，我便和同事將牠放入紙箱中。

同事載我們去動物醫院，我坐在車上和紙箱內的牠凝視對望。

我無法相信，我才剛夢見嘟嘟，就出現了一隻和嘟嘟一模一樣的狗！

那一隻害怕發抖的狗，卻突然舔了我一下，

我瞬間淚盈滿眶！

從此，牠就進入了我的生命，我的 Momo！

當我將 Momo 抱至動物醫院時，醫生確定牠沒有晶片，而且猜測牠有可能是之前長期關籠並被虐待的狗，才會如此膽小，竟然一摸就嚇得尿出來。

我決定收養牠。

醫生非常激動地說：「恭喜妳！妳終於撿到一隻，非常，非常，非常正常的博美！」

醫生，幹嘛那麼誇張。

不過這也不能怪他，醫生一路看著我撿到的博美狗嘟嘟、多多不是跛腳、無牙、老弱、皮膚病、還有隱睪症。

但這一隻年輕健壯，完美無缺，

難怪他會有這種反應。

養了Momo一陣子之後，果然發現牠真的和嘟嘟或多多不一樣。

牠活潑可愛，精力充沛，有時膽小羞怯。不論如何，牠真的讓我的生活重拾歡樂。

我經常回想起之前帶著狗狗旅行的情景，

最遺憾的是無法帶牠們出國，為此我特地買了一個附有博美照片的行李箱和手提袋。之後無論國內外旅行，我必定提著那手提袋。

不管到哪裡，我都會在心裡告訴嘟嘟和多多，這裡是哪裡，很漂亮吧！嘟嘟和多多你們喜不喜歡？就如同我帶著兩個寶貝，一同遊遍世界各地一般。

因為 Momo，我再度重拾歡樂，生活回歸正軌。

但我一直對於夢見嘟嘟的隔天就撿到 Momo 的因緣感到不可思議，因此在我為了阿呆的問題去見前面提到的加拿大動物通靈R女士時，也將嘟嘟的照片拿給她看。

她一看到嘟嘟的照片，立刻驚嘆地說：「Oh! This one loves you very very much!（噢！這隻狗非常、非常愛妳！）」

我不禁眼眶泛紅。

接著我拿 Momo 照片給她看，我問她，Momo 是不是嘟嘟派來給我的？

她點點頭。

我問她為什麼？

她溫柔地望著我說：「因為嘟嘟認為妳需要另一隻博美。」

我當場淚如泉湧。

嘟嘟，
謝謝你，
即使在你離開肉體之後，
還是這麼愛我，
怕我一個人孤單，
派了一隻活潑可愛的 Momo 給我。
嘟嘟，
你是我永遠的天使，
我知道你一直在我身邊看護著我，
我會將對你的愛，
繼續傳下去，
我會珍惜和 Momo 相處的一切。

你放心，
我會好好地繼續走下去，
最重要的是，
我會繼續勇敢地愛，
謝謝你！
我的嘟嘟，
我不要跟你說再見，
因為我知道，
我們一直都在一起！

每天一大早，我都會看見一位鄰居老先生，牽著亡妻遺留下的吉娃娃散步。當初妻子生病時，她放不下她最疼愛的吉娃娃，希望能將狗交給我照顧，但老先生決定自己照顧。

在妻子去世之後，老先生接下太太生前每天都會做的例行事務，在清晨牽著吉娃娃散步。

人生就是如此。

我們一生都在說再見，

我們不停地失去，
但我們還擁有曾經分享的感情。
我們勇敢地收拾悲痛，懷著逝去者留給我們的一切回憶，繼續傳給需要被愛的人和萬物。

我們，從不停止去愛。

這就是人生最重要的傳承。

【Pause】

物換星移。

一切都會改變。

唯一不變，繼續傳下去的……

是萬物之間，

那永恆的愛。

劇終

The End

片尾

導演 God & All of us / 監製 Hope

主角（以出場順序排列）

嘟 嘟

嗶 寶

小 黃

妹 妹

阿 呆

咩立（美麗）

多 多

Yoyo

阿 英

豆芽菜

寶妹?

Reno

Yaya

Mickey

小米（Kukui）

柔 柔

圓 圓

媽媽

爸爸

眾多仁心仁術的獸醫們

眾多充滿愛心和耐心的護士們

小燕

阿娟

獸面人心的學生們

好友 Josy

小靜

加拿大親自到臺灣指導動物通靈的R女士

美國志工 C

Yaya 中途 G

客串（以出場順序排列）

婦幼醫院警衛北北

舍監阿姨

大學室友

大學室友男朋友

大姊

大哥

二哥

二哥狐群狗黨們

香港友人

尼泊爾自助團團員

香港菜鳥警察

香港老鳥警察

加拿大遙視通靈者

姊姊可愛的孩子

在尼姑庵陪伴我的歐巴桑

獸醫太太

學校好同事

警衛小董

學校老鼠們

木工阿北

咩立主人歐巴桑們

看到多多的毆吉桑們

超帥卻很兩光的醫生

Yoyo 主人 Lanna

動物志工楊士儀

開小燕罰單的警察先生

開工廠的朋友

Reno 主人 Sara & Simon

小米（Kukui）主人 Jillian

Yaya 主人 Jennifer & Bob & two boys

替代役男

在大陸被嚇到的計程車司機

燈光 Universe

化妝 Nature

指導 Ourselves

打雜 女超人阿瑛

攝影 Eltoned

音效 汪汪 & 酷斯拉特別音效公司

片頭主題曲 The Child in Us

片尾主題曲 Love will Go on

本片要特別感謝，
我二嫂的打氣，
沒有她的鼓勵，
我無法完成這部作品，
再次謝謝妳！
親愛的嫂嫂！

P. S.在此特別感謝與我合作過的動保團體，所以本書的部分版稅將會捐給他們，謝謝。

國家圖書館出版品預行編目（CIP）資料

我們一生都在說再見：一位動物救援志工與毛毛天使的十八則故事 / 豆芽菜作. -- 初版. -- 臺北市：信實文化行銷, 2014.07

面；　公分. --（What's ecology-life 010）

ISBN 978-986-5767-31-0（平裝）

855　　　　103012808

What's Ecology – Life 010

我們一生都在說再見

作者　豆芽菜
總編輯　許汝紘
副總編輯　楊文玄
編輯　黃暐婷
美術編輯　楊詠棠
行銷企劃　陳威佑
發行　許麗雪
出版　信實文化行銷有限公司
地址　台北市大安區忠孝東路四段 341 號 11 樓之三
電話　（02）2740-3939
傳真　（02）2777-1413
網址　www.whats.com.tw
E-Mail　service@whats.com.tw
Facebook　https://www.facebook.com/whats.com.tw
劃撥帳號　50040687 信實文化行銷有限公司

印刷　彩之坊科技股份有限公司
地址　新北市中和區中山路二段 323 號
電話　（02）2243-3233

總經銷　高見文化行銷股份有限公司
地址　新北市樹林區佳園路二段 70-1 號
電話　（02）2668-9005

2014 年 8 月 初版
定價　新台幣 350 元

我們一生都在說
再見！

我們一生都在說
再見！